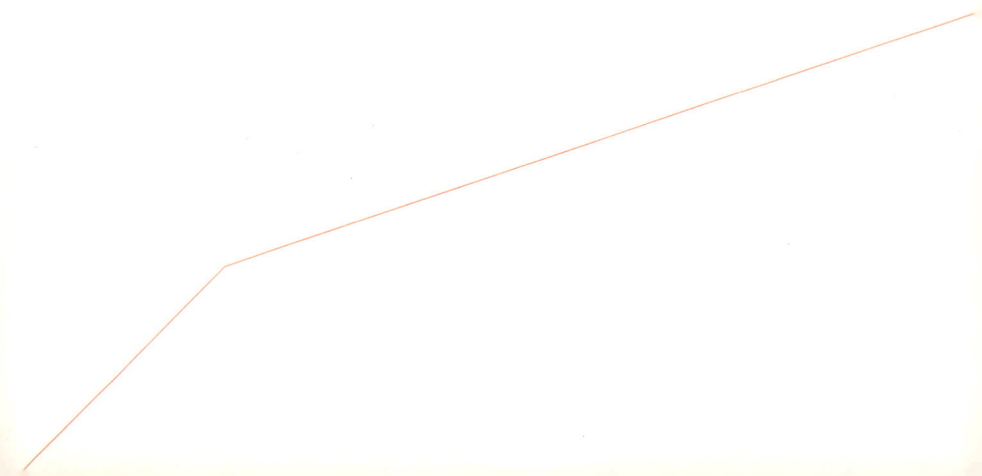

再见苏丝黄：
妖精们的进化论

苏丝黄 著

ZHEJIANG UNIVERSITY PRESS
浙江大学出版社

[再见苏丝黄]

目　录

代　序　1

苏丝黄和她的女朋友们　1

邂　逅

高眉,低眉　3

服务精神　6

比　翼　10

桃　花　18

替代品　22

维　尼　27

伪　装　33

硬调情　41

上帝的归上帝　48

波　涛　*52*

情感的几宗罪

两　岸　*59*

可操作性　*63*

此妒绵绵　*66*

可持续,不发展　*69*

最佳伴侣　*72*

斗牛士　*75*

工作日情人　*78*

疙　瘩　*81*

未来千年女性必用品　*85*

错误频道　*89*

定情须慎重　*93*

尊重科学研究　*96*

十万个为什么　*100*

神　经　*104*

与性相关的那个角落

准单身生活　*111*

理想状态　*114*

情与色　117

爱情证书　120

帆船和黑鸭子　124

十日谈　127

记忆之宫　130

新物种起源　133

稳定的高潮　136

引　诱　140

傲　慢　150

做功课　154

他们男人

没完没了　161

白日梦　165

薇　薇　168

动物世界　171

窗口期　174

骗非骗　177

小气男人　180

令男人想自杀的话题　183

兔　子　187

前　尘　192

我们女人

隆,还是不隆,这是个问题　201

今天有人叫我阿姨　204

不同凡响　208

苏丝黄的选择　211

相由星生　214

赔钱货　217

洗手间　220

年度最惊　223

二　茬　226

为什么要命　230

定　价　234

卡宴猜想　238

比较与诱惑　241

白日梦　245

夫人文学　249

色·友　253

文化的病

社会新闻　261

沟　通　265

动　力　268

都是米饭　271

FCUK　274

成人礼　277

重返八十年代　280

裸　泳　286

穿　衣　289

过海关　293

正　名　297

新人类　300

饥不择食　304

后　记　308

代　序

　　苏丝黄和焯辉躺在铜锣湾小酒店的床上，她正在给脸上敷燕窝精华面膜——昨晚庆祝单身结束，在全港各地彻夜喝酒，满脸的皮肤都毁了。她隐约记得闪闪每到一家酒吧就举杯对旁边的人大喊："我的朋友明天要结婚了！"招来无数同情目光。现在女子亲友团在隔壁房间里打扮，她看看表，还有两小时，随口问焯辉："你知道登记处在什么地方吗？"

　　焯辉挠挠头："不记得，我再看看邮件。"跟香港登记处的邮件往来是两个月之前的事儿了。

　　苏丝黄躺下，决定睡个 40 分钟，半小时都不够。她的两个耳朵之间似乎是一团纸壳，站起来时胸以下的部位会像皮皮虾一样节节卷起来，但愿 40 分钟后这些部位能撑过那些繁琐的环节。

　　忽听焯辉惨叫一声。

　　"怎么了？"苏丝黄掀开面膜。

"我们忘了提前递交结婚证明材料了！"焯辉说，"邮件里说至少要提前两天递交材料！"

为了在香港登记，他们好不容易各自请了7天的假，第二天周末，第三天去泰国的机票已经订好了。

苏丝黄笑得床也抖了起来，笑完了，让焯辉给登记处打电话："哭求笑求都可以，这里是亚洲四小龙，两小时时间足够了。"

香港的公务员的心和太妃糖一样软，果然答应破例一回："但是交材料和宣誓在两个不同地方，我们不能保证两小时内可以办成，你要知道这是没有过先例的……"

两路闺蜜，一路直接到市政厅登记处帮忙排队，一路拿着摄像机跟着苏丝黄去打车（她怎么没想到预先租辆车呢？）。一行人在路边紧张地等出租车，闪闪举着摄像机对准苏丝黄，口气严肃地解说："现在是下午2点15分，准新娘和准新郎忘了预先递交材料和叫车，仪式在下午4点，他们能及时赶到那里吗？我们将拭目以待……"

在车上，闪闪还抽空给苏丝黄画了个眼线。焯辉在一旁绝望地说："你们疯了，要是司机一个猛刹车，你的眼睛会被戳瞎的。"

两人都没有理会他。谁会在乎眼睛被戳瞎呢？眼线是一定要画的。

焯辉只好强迫自己转移视线关注路况，不料此时司机停下车来，慢悠悠地拿出一张地图。或许是新手。又或者，香港没有一对新人会乘出租车去登记，所以老司机也不熟悉管结婚登记的市政厅。 焯辉死死抓住司机的椅背，看起来是在控制自己不要以头抢地。

......

一行人失魂落魄地赶到登记处，正坐在其中一个服务窗口前占位的孟苏站起来说："幸亏你们来了，不然我都没法解释清楚我坐在这里干什么！"窗口里有个年轻女长官，显然刚才一直在问孟苏："是你要结婚吗？ 新郎呢？ 不是你？ 是你的朋友？ 那你的朋友在哪里？"

两个糊涂虫的故事迅速传遍了整个办事处，在他们俩递交材料、回答问题、站起来坐下去宣誓、签字的时候，不断有旁边的公务员走过去，偷看他们，脸上憋着笑，又或许肚里暗忖：呢对夫妇第日会唔会生个好失魂既细佬呢？（此句鸣谢 KK，看不懂的人可请教香港人。）

后半部分的曲折且不表，也且不描述闪闪她们穿着 12 寸高跟鞋翻山过海地跟着他们狂奔的惊险，总之他俩还是把婚结成了。 宣誓完的那一刻，整个屋子的人欢呼雀跃，仿佛遭遇不可思议的好运，大家都沾了一点，脖子上熠熠发光。

第二天，大家一起在租来的游船顶上晒太阳，驶往麦兜所热爱的南丫岛，风吹得水面像块微皱的丝绸。 苏丝黄左扭头看看身边的闪闪、孟苏和小米诸位，右扭头看看身边正在摆弄望远镜的焯辉，心里叮当一亮：她的世界就在这里，别的地方她哪儿都不想去。

苏丝黄和她的女朋友们

闪闪和苏丝黄及其同代人一样,是七扭八歪地长大的。

所谓七扭八歪,就是说你得跟自己作对,因为跟自己作对是永恒的正确导向。 比如说——

如果你认为妈妈藏在米缸里的那盒糖很好吃,你就不要吃它;

如果你上课时想上厕所,你就不要举手跟老师报告自己要上厕所;

如果你认为思想课老师的逻辑有问题,你还是不理解为什么那一种思想是最最科学的,你就要认真地检讨自己的愚蠢,而不要用你的问题折磨思想课老师;

如果你很想和邻居家的小男孩尝试一下亲嘴,那么当他建议你们尝试一下的时候,你就一定要拒绝。

要让自己成为一个备受尊敬的人,就要让自己在任何时候都最最不爽,最后,人们都被你吓坏了,觉得你如此反常,必然天赋异禀，所以都开始尊敬你。

自从闪闪在成年后琢磨出这个道理，她就再也不奢望受人尊敬了。

孟苏从小就担心自己长大后不会变成个女人。

她小时候的长相，在她那个地方的人看来，有很多错误。比如，鼻子太大，皮肤太黑，眉毛太直，嘴巴太阔。其他没有错误的地方，也只是不得罪人而已。孟苏的妈妈经常看着她叹气：

"你怎么长这么丑！看你姐姐多漂亮！"

更悲惨的是，到了发育期，她发现自己的胸非常之小，和男孩子的差不多。

等到 20 岁，孟苏才接受这个事实：她的胸再也不会长了。这是她青春期最大的噩梦。

后来她看到美国作家梅丽萨·班克的一本书——《女孩捕猎钓鱼手册》，里面有这么一段：

女主角简开始发育了，男孩子们忽然开始注意她，而这让她很不舒服。

简认为，如果你有胸，男孩子就想和你睡觉，这算不上什么恭维，因为他们反正想睡觉。但是如果你有一张漂亮的脸，男孩子就会不由自主地爱上你，那么睡觉就不仅仅是睡觉，而是更有价值的爱。

简对她的好朋友、志在成为社会学家的琳达说，女人的胸对于性而言,就像枕头之于睡眠。"男人可能以为他们需要枕头,但是他们没有枕头也能睡。"

琳达说:"男人累坏了的时候在哪儿都能睡。"

孟苏觉得,如果最后只能找到累坏的男人,那还是不要男人也罢。 所以她就为一个悲惨、孤独、充满短暂的绯闻和偷情的单身生活做好了准备,结果……生活总是出乎一个小孩子的意料。

罗兰从小就是女超人。

只要在一群人当中,她总是头儿。 她妈妈揍得越狠,她越是野。

她成绩很好,但是男朋友也很多。 后来她当了老师,整个年级的男生都跑到她的宿舍去聚会,给她做饭、讲故事、弹吉他,让所有女生气得脸发绿。

不过她还算遵守师德,从来不和男生睡觉,只和男同事睡。 问题是她还不跟领导睡,这样子,她就老转不了正。 转不了正,她也无所谓,就跑到北京来了。

来北京之前,她有个高大得像大熊的男朋友。 其人心胸和体积不成正比,分手之后还跟踪她。 有一次,他强行挤进她的门,要和她理论。

罗兰正在做饭,吵着吵着,忽然抢起一锅热菜,连锅带菜向这只熊砸过去。

大熊落荒而逃，罗兰收拾包裹来到北京。

幸运的是，她后来再也没有练习过投弹技术。

在北京这个地方，要摆脱赖皮熊，你得扔点别的东西才行。

芳芳是个乖孩子，乖然天成。

她的爸爸是个医生，妈妈是个瓷器厂女工，两个人都柔声细气的，从来没有吵过架，所以芳芳的脾气好得很。因为和外界摩擦力非常之小，而且因为聪明透顶，所以她不知道别人为什么惹那么多麻烦。

有一天，她妈妈的同事带了自己的儿子来她家玩儿，男孩子悄悄对她炫耀："我们男孩子能站着尿尿！"

芳芳嫌恶地看着他："你会不会站着自己洗脸？"

芳芳是个很少有内在矛盾的人，所以她长大以后成了宠物医生——宠物比人简单一些，它们的麻烦比较好处理：外在的问题一解决，内在的问题就消失了。人可不一定。

[再见苏丝黄] 邂 逅

高眉，低眉

2004-9-30

北京，1400万人口，不包括频繁流动的各地人口和外国人。这里云集了世界各地的未婚青年、离婚或分居人士，男女人口比例高于1.2∶1，但是当两个女人——苏丝黄和闪闪——同时找到心仪的伴侣时，她们还是大吃一惊。

8月末9月初，北京进入所谓的社交季。展会、论坛、演出、俱乐部活动在各个角落举行，有的还办到了云南和沿海城市。

这些准社交活动大致分为两种：免费的和付钱的；在高档消费场所和在大众消费场所的；人少的和人多的；有礼品的和没有礼品的；有吃的和没有吃的……苏丝黄想，这大概是北京社交活动的高眉(high brow)低眉(low brow)之分。

苏丝黄和闪闪有两周没见面，两人各自应酬频繁，分身乏术。偶尔打电话，也是谈起这个饭店自助餐多么吝啬，那个活动主持人多么饶舌弱智，最多的抱怨是这样的——

闪闪："前天晚上坐在我旁边的那个记者谈了一晚上陀思妥耶夫斯基。"

苏丝黄："是 80 后文学青年？"

闪闪："才 22 岁。"

苏丝黄："噢。昨天在冷餐会上有个 50 岁的成功男士告诉我，他喜欢穿溜冰鞋上班。"

闪闪："那不是很有趣吗？"

苏丝黄："可是我发现他 10 分钟就跑一趟洗手间。"

老的扮小，小的扮老，到哪里能找到正常人？苏丝黄对高眉活动寄予希望，她觉得社会地位巩固的人心态会比较健康；闪闪对低眉活动更觉亲近，她觉得社会责任压力小的人更接近自然状态。

第三个不遇的周末，苏丝黄去参加一个俱乐部年庆，闪闪去一个人造海滩派对狂欢。俱乐部里，苏丝黄在她的黑色露背晚装里挺得笔直，感到自己像根橡皮糖。忽然听到一声高呼："苏丝黄！"扭头一看，原来是以前在网络公司的同事奇。他在门户网站股票暴跌时大笔买入，后来股票回升，成了千万身家。奇的身边站了个衣着适度的高个男人，苏丝黄与他目光相遇，忽然心中一动。

与此同时，闪闪在人造海滩上和同事失散，正在人堆里大喊大叫，忽然天上淋下一股啤酒，把她呛得半死。她回头望去，一个憨厚的小伙子向她露出两排洁白整齐的牙齿。

在俱乐部里，苏丝黄和奇的朋友握手，对方握得颇为有力，时间比普通的见面握手要长出两秒钟。

在海滩上，闪闪抢过小伙子的酒瓶扔到地上。小伙子伸手说："我还有一瓶。咱们去喝酒吧。"

深夜，苏丝黄和高个男人（现在他名叫焯辉，是个建筑设计师）在花园凉亭里谈得天昏地暗，浑然不知网络新贵奇已经偷偷消失。世界减缩成两个人：一个曾经在哈佛校园广场卖 T 恤衫的羞涩少年，一个曾经在天安门广场上气昏了红袖章老太太的女高中生。

焯辉伸手抚苏丝黄的颈后长发，顺势将她拉近："到我那里去。我有 10 种酒、5 种咖啡、1 个露台和 1 种法国信封。"

苏丝黄从没听过这么内容丰富的邀请，虽然对一个羞涩的人而言似乎过于熟练了。但是她决定不要苛刻。

焯辉与人合租一套复式公寓，他们刚在面对公园的露台上坐下，就隐约听见门口传来人语窃笑声。苏丝黄吓得一跃而起，焯辉拉住她："没事，是我的室友，住在楼上。"他们待到几近破晓、鸟语声起才进屋。

中午，苏丝黄梳洗完毕，感觉非常愉快，决定今天去约闪闪逛街。焯辉送她出卧室，走到大厅，这时楼梯声响，苏丝黄抬头一看，几乎晕倒——闪闪正从楼上活蹦乱跳地跑下来。

从此，苏丝黄和闪闪达成共识：在高眉和低眉之间并非泾渭分明；永远不要和好友长时间失去联络；永远不要再到那些和人分租房子的人家里去，哪怕是复式公寓也不行。

服务精神

2003-12-1

晚报编辑闪闪去参加朋友的生日晚会，这个朋友是个很普通的朋友。和所有普通人一样，去参加这样的晚会，意味着你不是冲着你过生日的朋友去的。

晚会上，闪闪大多数时候在和女生交谈，因为这天晚上的男生们表现得都像已婚男士一样端庄。

散会时，女主人开始根据每个人住家位置张罗着排列组合，好似配菜："谁谁，你和谁谁是一路的，可以一起走。"到最后只剩下了闪闪和一个穿黑毛衣的大龄青年，他们恰好都住在城西，而且都没有车。女主人义不容辞地把他们撮合在一起，撵出门去。

闪闪和黑毛衣偷偷相互打量，显然彼此都不算太满意，但是同乘出租车还是比较愉快的。他们有一搭没一搭地聊上了。

"你在哪儿工作啊？"

"好像你们那儿有个谁谁谁吧？ ……没有？ 不好意思，那记错了。"

"你今天怎么来的呀？"

"平时怎么上班呀？ 上班路上堵车吗？"

就在他们的礼貌用语词库消耗殆尽之际，车子到了黑毛衣家。

闪闪正待说再见，黑毛衣忽然问了一句："上来坐坐吗？"

闪闪想了想："好吧，反正回家也没事干。"

他们下车后，黑毛衣才答道："我家有很多事可以干。"

闪闪扑哧一笑："你刚才邀请我之前，我还以为你要和我客气一晚上呢。"

"谁知道呢？"黑毛衣忍着笑说，"说不定邀请你也是出于客气。"

闪闪上去就是一脚。

到黑毛衣家里一看，很干净，闪闪颇感意外。

"都是别人收拾的。"黑毛衣满不在乎地说。

闪闪忽然觉得无趣，但是她告诉自己，反正回家也没事干，要不然去参加生日晚会干啥。

黑毛衣显然觉得应该尽一些地主之谊，他带闪闪去看他养在书房里的鱼。 在讲解热带鱼的时候，他把手放在闪闪腰上。 那一刻两人如释重负。

不幸的是，等到了正式开始的时候，他们却发现彼此怎么也无法配合，问题是，他们相互也没怎么努力配合。

"我们俩都太缺乏服务精神了。"黑毛衣（假如此刻还能被称为黑毛衣的话）说。

"你是说，你别的客人除了收拾房间之外，还服务到底？"闪闪问。

"差不多吧。"黑毛衣说，"你呢？"

闪闪想了想，觉得自己的礼貌词库里还有剩余。为了不至于让先前的努力白费，她决定改变一下自己的态度："好吧，客随主便。"

黑毛衣一听，立即制止闪闪："你就别勉强了。"

但是他显然也受到闪闪的礼貌触动，反省了一下："其实我应当尽地主之谊。"

"千万不要，我也不喜欢勉强别人。"闪闪道。

黑毛衣立即住手。他们望着天花板大笑，发现和自己具有同样缺点的人总是让人非常高兴的，比如吃指甲、不运动、小气、记性不好。但是这样的时刻，你又会分外想念那些和你优势互补的人。

"今晚其实已经很奇怪了，平时我都不习惯别人在我这里过夜。"黑毛衣说。

闪闪看了看他，确定他是真诚的："真是荣幸。"

他们甚至没有一觉睡到天亮，因为期间黑毛衣起来拿了另一床被子，把较软和的一床给闪闪盖了。

早餐是黑毛衣准备的两个水煮蛋和一杯牛奶。闪闪吃完，马上告辞。黑毛衣说："我送你吧。"

闪闪不相信一个不愿留人过夜的人会真心说这句话。她问："外面路况很复杂吗？"

"不复杂。"

"楼里很黑吗？"

"不黑。"

闪闪探出头去看了看，回头一挥手："那行，我就自己走了。"她很高兴能用这个方式回谢了那床较软和的被子。不管怎样，她打发了一个夜晚，转眼下一个社交季节——圣诞节就要到了，那时她会买一辆车，没事就开车去，再也不干这种萝卜配白菜的事。

比　翼

2005-9-19

晚报编辑闪闪深吸一口气，拿起话筒。

"喂？"电话那头的声音，听起来像个热心肠的大学教授。

"瞿先生？"闪闪说，"我是《都市晚报》的编辑闪闪。"

没有什么客套，采访就开始了。瞿风向闪闪介绍他在卡内基音乐厅里的演出："卡内基音乐厅是美国最著名的音乐厅之一……"

"我知道！"闪闪非常不耐烦，用的是自己家电话，不想浪费越洋电话费听人介绍音乐厅常识，"我去过。"

"你也在纽约待过？"瞿风忽然兴趣盎然，"那我们一定见过，纽约所有的女孩子我都见过。"

闪闪忽然哈哈大笑，原来一直担心自己音乐知识不够，怕采访到一半无话可说，现在她不担心了。

在华人音乐家里，瞿风是罕见的——能够同时接受采访和进行隐蔽的调情。闪闪最喜欢他吞吞吐吐地说自己的音乐像"男女交欢"，解释了半天，"那个那个"，最后用的词还是"身体的交流"。闪闪心想，一定是国内的女记者大多数都太假正经了。弄得他谈论起"身体的交流"时会这么不好意思。

"我今天很累，话说得不是很好……"瞿风不好意思地说。

真体贴。闪闪决定也体贴一点："你说得很好，很准确。"

"这里面有学问的。我是个男人，你是个女人，我这里是午夜，你那里是中午……说不定我们之间有一根筋已经连上了。"

这么快？闪闪心想，答道："嘿嘿，是电话线吧？"

瞿风一下被噎住，有点沮丧："随你怎么理解好了。"不过他还是振作精神："下个月我回北京，你一定要来找我。"

哦，当然，当然。

一个月很快过去了。在一次时尚杂志的周年庆典上，闪闪看见一个穿着大红亮缎肚兜式紧身裙、直长黑发的骨瘦如柴的女人，心里暗忖："吓！时尚怎么变化，鬼怪永远流行，尤其是怨鬼。"往后随便倒了一步，尖尖的鞋跟正踏上一双别致的男士布鞋。

瞿风的脸歪了足足有两分钟，即便如此，闪闪心里还是闪出一个词："好风雅！"

其实就是个小平头，干净的中式衬衣，合身的黑长裤，黑布鞋。虽然小眉小眼，但看人的时候却风情万种，又有点小孩子气，好像总要在私下里跟你说话，说好玩的话，风雅的话，闲话，废话。但身体却是彬彬有礼的，把自己照顾得很好。

午夜，上了他的贼车，说是去看香山月色。闪闪喝得有点醉了，看什么都像个大财主心满意足地看自己的财宝："都是我的！"

半路上他放自己的音乐，闪闪听得毛骨悚然。

"瞿先生，"闪闪仗着酒意说，"这不是男女交欢，是怨鬼悲秋……"刚才那个晚会上的怨鬼大概会追来的。

瞿风大笑，把车刹住："到了。"黑魆魆的香山就在面前，微光闪烁。音乐也忽然变了，呜呼之声变成细微的呼吸低泣。

五音不全的闪闪忽然飞起来了，这真是她接受过的最盛情的邀请。她昏头昏脑地微笑，不知这是他第几十次盛情的邀请呢？管他是第几次，至少现在他驾轻就熟，不用自己培训。他依然把自己照顾得很好，她快喜欢上他了。

"回家吧。"她说，"送我到东四环，我自己打的回去。"

（二）

2005-9-26

"你那天真的没跟他回家？"苏丝黄问。她在追问闪闪和音乐家瞿风的香山之夜。

今晚，闪闪和瞿风又要见面，虽然不是单独的，但过后依然会送闪闪回家——单身男女危险的旅途。跟回家，可能后患无穷；不跟回家，可能后悔捶胸。

"为什么要骗你？"闪闪说，"你还不知道我最喜欢吹嘘艳遇？"

苏丝黄嗤之以鼻："谁知道？ 说不定现在你想吹嘘你的忠贞。"

闪闪叹气："我哪辈子修来的福气，交上你这样的朋友。"

"真的没有？"苏丝黄问。

闪闪犹豫了一下："接吻了。"

自从一年前闪闪认识现任男朋友——摄影师肖闽以来，她一直心无旁骛。 这是第一个例外。

"是不是因为你和肖闽分开太久了？"苏丝黄问。 肖闽老是东奔西跑，忙于工作，已经因此被抛弃好几回了。 迄今为止闪闪真正和他在一起的时间恐怕只有半年。

闪闪说："不是。"

"那为什么呢？"苏丝黄问，"瞿风有点小名气，可你从来不买这套啊。"闪闪见多了文艺名人，对那些自满的小圈子气息有生理上的反感。

闪闪想了想："也许因为嫉妒……"

肖闽现在在伊朗，拍黑色长袍里裹着的女人，窈窕的、丰满的身材，风情万种的眼睛。 闪闪才做完关于伊朗核问题的版，可是做图片编辑和拍照片完全是两码事，她坐在办公室里想象肖闽在伊朗的街道上散步，非常嫉妒。

肖闽并不太和闪闪说他的见闻，他觉得看图片就可以了，解释是多余的。 颇有大音乐家肖邦的架势——想知道我的音乐什么意思？再给你弹一遍就行了。

"我不知道爱上他是不是因为嫉妒……"闪闪说。有多少爱是因为嫉妒？因为我们看到更强壮、更聪明、更自由、更年轻、更有幽默感的人，看到他们拥有我们所没有的东西，因此用温存和甜言蜜语，用柔软的床，抓住他们，就好像占有了这些我们没有的东西。但是，人最后总是要醒过来的。

占有肖闽，并不意味着能和他一起飞翔。

有时候，闪闪在浴室里照镜子，看着自己的身体，就想起美国电视连续剧《整容室》里面的一句话："在这个世界上，即便是再美丽的身体，也至少有一个人厌倦了和它做爱。"

如果两个人的世界没有其他的交流，没有不断更新，厌倦就会像流行病一样扑来。一个人身体的面积摊开是多大？五平方米？再好再好，研究一年，也就够了。

这种时候，闪闪就有点灰心丧气。不管如何开始，总是这样结束：两人打着哈欠在洗手间里擦肩而过，无话可说。

但是瞿风不一样，他邀请她进入他的世界，他给她放他的音乐，给她解释，不会因为她不懂音乐而歧视她，或者感到隔膜。他把自己完全展现给她，好像理应如此，谈论自己的工作和谈论潮州菜是一样的热情。

闪闪的电话铃响。瞿风的车快到了。

"要是明天凌晨肖闽来电话找我怎么办？"苏丝黄问正在起身的闪闪。

"要是的话，"闪闪想了想，"就说我去西藏了。"

2005-10-6

"他们不懂我的音乐。"瞿风坐在客厅里叹气，"没有意思。"闪闪见他眼皮下面一团阴影，整个脸皮好像要掉下来。他刚刚从一个座谈会上回来，被同行批得体无完肤。

闪闪刚刚听完瞿风给她放的另一部自创音乐剧，汗毛在背上立着还没平伏。纳博科夫在接受采访的时候总是让读者有"倾听你的脊背"的反应，不知道包不包括这种反应。

一个人听瞿风的音乐，闪闪八成会被吓成神经病。

闪闪虽然音乐素养有限，却并不是完全的音盲。布兰妮和玛丽亚·凯莉让她感觉像吃大量的冷猪油，最喜欢的音乐家叫埃里克·萨蒂。他的曲子像下雨天里儿童随手弹出的曲子，又干净，又忧郁。每次听他的钢琴曲，闪闪就想，要是这个作曲家把自己的曲子弹给她听，她就算是八个孩子的妈妈，也一定会抛家弃子跟他跑掉——幸亏他80年前就死了。

闪闪还知道，瞿风是个才子，然而不是她的那杯茶。

但是面前这个男人，明显需要安慰和鼓励，女人天生总有点惜才。当下似乎只有一条路可走，假冒知音。

"他们嫉妒……"闪闪说。

瞿风笑了："当然是嫉妒，他教出来的学生连纽约卖艺的都不如。"

"你在乎他怎么看吗？"闪闪问。同行相轻的对话开始让她觉得不舒服。

"我在乎你怎么看……"瞿风一边说，一边向她靠过来，凑近了看她。闪闪担心他发现自己鼻翼上正在酝酿的那个大包。

闪闪去看过一个挺出名的实验话剧，那个话剧里的演员不断地在座位上走来走去，假装这是个机舱。英俊的男演员好几次坐在她旁边，和她搭讪。闪闪天生好色，难免受宠若惊。但是话剧实在太糟了，人物刻画只到达表皮层的深度，啰里啰嗦的独白像地摊文学的呻吟，装模作样的对话就是减缩了的自慰。话剧嘲讽现代城市白领，但是剧本那么苍白轻薄，浪费了这些漂亮动人、记忆力超群的演员。

"你觉得这个剧本怎么样？"闪闪带点同情地问那个"濮存昕"。

"你觉得怎么样？"咦，反应很快。

闪闪一下管不住嘴："不怎么样。"

英俊的脸忽然拉长了八厘米，好像上面画的妆忽然褪色。半晌："不怎么样就对了。"而后冲上台。接下来再回到她身边的时候，再也没和她说话。

闪闪忍着生理上的恶心看完了那部劣质话剧，临了还被那个漂亮女演员泼了一脸矿泉水——他们假装飞机失事在颠簸，不是故意的。

这是闪闪学到的非常重要的一课：艺术家的心是脆弱的。

但是现在，木偶皮诺曹又要接受考验了。瞿风很近地看着她，她下意识摸了摸鼻子："要是我说你的音乐我不太容易接受呢？"

出乎意料，瞿风笑了："没关系，我只是想知道你怎么看我。"

闪闪笑了，她无限真诚地、温柔地、像对自己的幼儿园知己一样地对他说："你很可爱……"

说完，她忽然知道，今晚她不会去西藏了。

桃　花

2005-5-17

　　一个事业顺利而且还知道照料自己的女人，到了一定时候，总会发现自己命犯桃花。

　　自从孟苏和同居多年的男友分手后，她忽然发现自己生活的大门骤然敞开。30岁是个奇怪的年龄，你忽然觉得自己无所不能，无人管束，自制力大增，而身体状况又很好。这个时候，桃花挡都挡不住地往你身上飞，尤其是暖春时节。

　　就在孟苏和华裔英国商人温进行了一段秘密的"空中关系"之后，距离的折磨使她难免开始灰心。但是毕竟爱情还是真实的，因此虽然奔波不定，人却总带着满足欢喜的气息，反应也比常人灵敏。

　　这时候，她被邀请去参加一个朋友的晚会，在那里认识了斑马。斑马是个野外运动爱好者兼自由作家，非常滑稽，把孟苏逗得一晚上大乐。聊着聊着，斑马忽然直勾勾地看着孟苏说：

"我爱上你了。"

孟苏还是大乐，只当是另一个笑话。

但是随后几天，斑马的进攻开始源源不绝，恭维、哀求、自怜……"我正在家里忍受慢性死亡。"一副中国"垮掉一代"先锋派的做派。

虽然孟苏对中国当代文学毫无兴趣，但是对斑马还是开始有点心动。毕竟这是个近在咫尺的、活生生的健康男人，老能让她高兴。虽然斑马好色的名声在外，但是他毕竟也结过婚，有过几任长期女友。看着他在春日艳阳天下露出的健壮胳膊，孟苏心想，为什么不试一下呢？

她就试了一下。打个电话，斑马就来接她了。

那是孟苏经历的最单调的尝试。

非常奇怪，平时很会说话的斑马，忽然无话可说了。一路上沉默着，到了家里，各自宽衣，然后微笑着开始运动。

斑马的身材非常好，大约可以拍个写真集，在中小城市应该可以促进他写得不怎么样的文集销路。但是奇怪的是，从一开始接触，孟苏立即坠入非常冷静的半睡眠状态。她试图做一些努力，但是到肚脐眼就干脆放弃了。斑马倒是断断续续地努力着，虽然一直无法进入正题。孟苏只觉得滑稽，一切都很滑稽，连接吻的方式和他发出的奇怪的、短促的声音，仿佛是嗤之以鼻。她想大笑，但是一笑起来，情况更槽，仅有的一点冲动都没有了。好在斑马尚且持之以恒，最后在她沉默的忍受中完成了作业。

她把这个过程告诉苏丝黄。苏丝黄道："看来不能和笑星做爱，太分散精力。"

但是斑马不这么认为，在回去的路上，他对孟苏的沉默无法理解："你感觉好吗？"

"床很不错。"孟苏问，"在哪儿买的？"

斑马对孟苏说："我知道你感觉不错，我已经对你有所了解了……"

孟苏再次大笑，不过笑完之后，她感到自己对斑马的兴趣已经烟消云散。

回头再想想自己和温的关系，简直堪称完美，不知先前为何庸人自扰。这个世界上确实存在一些你必须跨过半个地球来寻找的东西，否则就不会有东印度公司和微软公司了。这个发现的确让孟苏高兴了好一阵子。

替 代 品

2005-11-5

（一）

没有谁能在一生之中摆脱替代品：伟人像和天安门招贴画、假钻石镀金戒指、假牙、心脏起搏器、塑料花、人造革皮鞋、《欲望都市》中夏洛特的粉红色兔子……替代品部分有时象征着我们心向往之而不可企及的事物（比如天安门），有时帮助我们实现我们自身不能实现的任务（比如心脏的正常跳动），有时部分满足我们不可满足的欲望（比如真的钻石白金戒指和一个完美爱人）。

"比如说我爸爸，他这一辈子只跟替代品打交道。"薇薇对苏丝黄说。

薇薇的爸爸从来不欣赏她妈妈，他总是在马路上目标明确地左顾右盼；他不仅摆塑料花和伟人像，还买三合板仿实木家具和人造革沙发；他戴假发和满口假牙；他用全化纤的"古罗马式"

帷帘遮挡家里所有舍不得扔掉的破烂，包括漆黄铜色的石膏马和碧玉色的塑料象；他唱卡拉 OK 时要求家里所有人都像真正的歌迷一样陶醉倾听；他热衷于一切"像真的"东西，但是他从来不买"真的"东西，因为价格总是太高，拥有一个相似的东西就可以了。

你怎么理解一个热衷于积累替代品的人？ 他拒绝接受关于自己的已有的事物和现实（比如戴假发）；浪漫主义（比如向往遥远的城市）；或者实用主义（还有什么比用假金戒指满足爱美的欲望更实用？）。 但是不管怎样，属于"酷"一代的薇薇总是对此非常难堪。 她下定决心过"真实的"生活：纯棉窗帘、真金耳环、鲜花和……一个真正的、了不起的爱人。

所以她到了 30 岁，依然没有一个男朋友（她只需要能和她结婚的"真"男朋友，这是个大问题，因为她给对方考虑的时间总是太短）。 她很着急。

但是有时候，有些需要是非常迫切的，非用替代品不可。

有时，她和一大堆朋友去那些有中式古床和红罗帐的酒吧里，玩一些暧昧的游戏，输了的人相互接吻；有时，她在网上聊天，偷偷开一些过界的玩笑。

"所以有一天我忽然发现，其实这些都是替代品啊，所以我就想，不如找一个更实在的替代品。"

有一天，她和同事克敬聊天，夜一深，两个人自然感慨起了感情挫折：他们都找不到"那一个"。 而且两人心里都明白，对方不是那一个。 不过等克敬邀请她去他家坐一坐的时候，她还是答应了。

对不得不凑合的完美主义者来说，有时这样的场合非常尴尬：你希望自己完全被冲昏头脑，不必正视自己的行为，但是因为对方实在不是那一个，被冲昏头脑的机会很小，除非你喝得有一点点醉，看不到对方略秃的头顶和不够理想的胸围。

还好，他们的"真相"在对方眼里都不算太离谱，所以替代性行为能够相对顺利地得以进行，积累已久的需求也起了很大的作用。在过了某个转折点之后，结果几乎是非常满意的。

然后，克敬很自然地从后面拥着她睡着了。

薇薇心里升起一点希望的暖意，一面却觉得很悲哀。这是她这辈子用过的最重要的替代品，她觉得自己堕落了，而且堕落得一点也不酷。

这时，她毫不自觉地又模仿了父亲的另一个行为模式。她决定拒绝承认现实，明天一早就偷偷溜走，从此假装没这回事。决定之后，她安心睡去。

(二)

第二天，薇薇偷偷溜走了，再遇到克敬的时候，他也假装没这回事。互相给对方当一回替代品，还是很公平的。

虽然薇薇的虚荣心颇受打击，不过理智上还是接受了，克敬当然也有同感。他们还是经常在一起谈论自己心仪的对象，好像超级密友，当然说话的时候不知不觉增加了点亲密感："为什么她看不上你，你很好啊！"就像慷慨地谈论一件价格昂贵，但是自己有钱也绝对不会买的家具。

过了一个月，柏林爱乐乐团在北京演出。票价 2000 元钱一张，薇薇和克敬说"很惋惜"，克敬不吭声。开演当天，克敬打电话给薇薇："我有一张多余的票，你来看吗？"

薇薇有点受宠若惊，简直顾不得客气："好啊！"

回过身，看着镜子里的自己，觉得镜子里的人很值钱。

为了答谢，她先请克敬吃晚饭。餐桌上，克敬叹气道："这张票本来是送给我喜欢的那个女孩的，不过她把票送回来了。"

薇薇的筷子停在菜碟上方半寸的地方。

她受够了，小时候穿姐姐淘汰下来的衣服，现在给别人填空座位。

克敬看出来不对劲，连忙道歉："对不起，我以为你肯定会喜欢……你要是不喜欢可以不去，真对不起。"

出于礼貌，她还是去听了，但是腰后面像顶了个锥子。

薇薇终于明白但丁对地狱的定义："地狱就是与没有亲密感的人近距离相处。"

苏丝黄说："哦，我有个朋友最近离了婚。她老公什么都好，特别安静，包办一切家务，但是完全不是一路人。所以她经常失眠，后来离了婚，失眠症就好了。"如果你是个完美主义者，长期使用替代品会让生活无法忍受。

但是替代品还是有很多好处，比如可以随时置之不理，不致心碎而死。薇薇很快就忘了这回事。

两周之后，薇薇忽然发现自己胸部有个小突起，大恐慌，疯打了一晚上电子游戏，不敢跟家里人说。

第二天中午，克敬刚好来电话，请她去他家里的大阳台上喝茶。她抓起包跑到克敬家里，浑身发抖。克敬看她异样："等等，我先给你削几个柿子。"

他削了几个小柿子，柿子太软，被捏成一堆不成形的稀泥。他勇敢地端上来，请薇薇一起吃。

薇薇给他解释情况，说着说着，忽然看着他，嘴动不了——柿子心是涩的，克敬忘了削掉。克敬也瞪着她，好像嘴巴里被恶作剧地施了胶水。两人闭着嘴大笑起来。

放松下来，薇薇忽然觉得很疲倦："我想睡觉。"

克敬躺在她身后，抱着她，她安心地睡着了。醒来时天近黄昏，看不见人。她轻轻地吻克敬的手。他们又替代了一回，感觉很好，这一回，他们一直睁着眼睛看对方。

后来的检查没什么事，克敬给她庆贺了一次。经过这次经历，他们终于正式巩固了在对方生活中替代品的地位。经常打电话，但是也经常把对方忘掉。

苏丝黄笑道："简直可以现编一首广告歌：'寻找正确的替代品，正确使用替代品，你让我活得更容易'……"

维　尼

（一）

2006-7-28

莉莉安要升迁到香港了，她和朋友去一个花园酒吧庆祝。

事实上没什么好庆祝的，更像是哀悼。 因为莉莉安很喜欢北京，但是她工作太狠，公司给她一路升职，到后来，只好让她升到香港总部去——好像跳远跳过了头，冲到沙坑外面去了。 要回到沙坑里，还得重新跳……

谁知道，朋友在酒吧里消失了。 莉莉安一面等她，一面沮丧地喝酒，还没喝两口，就听到有人问："你喝的是什么？"

转过身来，看到一个高大的胖男孩，唇红齿白，身形像毛绒玩具店里最大的那种泰迪熊。

顺便说一句，据说很多美国女孩的大毛绒熊都是她们最早的性伴侣。

"你多大了？"她仰头审视他，带点居高临下的口气。

"25，"美国男孩比尔犹豫了一下，"再过一个月就26了！"

莉莉安笑，心里一小块地方一动。好像在幼儿园里看到低年级仰慕自己的男生，有点得意，又有点可怜他。年轻的、胖而不自信的男人总不敢和她搭讪。这个居然不怕她，让她感觉很新奇。

中途比尔上洗手间，刚才和比尔打招呼的一个熟人也走过来，和莉莉安说话。

比尔回来看到，毫不客气地把他庞大的身体挤到他的熟人和莉莉安之间，继续喋喋不休，那个人好像被他挤到后面的树丛里去了，变成了负鼠。

最后，她决定不再等那个神秘消失的朋友，起身要回家，比尔说："我再请你去别的地方喝一杯好吗？"

她怜悯地看着他，微笑不言。这个钟点，北京哪里还有酒吧营业呢……连个谎都不会说……

"我还舍不得让你走！"比尔略带羞涩地直视她，身体左右晃。

莉莉安忽然感动了，她的北京同事也对她说过这句话。而且，酒精开始起作用了。

"带我上你那里去。"她说。

刚一进到客厅，一间卧室的门就打开了，门里站着一只比比尔还要大的"熊"，那是他的室友杜瓦尔。他们说话时莉莉安带点窘迫地打量着房间：仓促买来的便宜棕黑色家具，地板是塑料仿木的，屋里没有任何装饰，到处堆着文件和汗衫。她开始怀念自己安静明亮的公寓。

比尔卧室里那张床倒是蛮大的，占了三分之二的地方。

"这是杜瓦尔的床，"比尔说，"他买了一张很贵的床单，结果不够铺这张床，他就跟我换了床……"她忘了，25岁的男人还处于共产阶段。

"他当晚就把那张床睡塌了，"比尔说，"第二天，我把我这张床睡塌了！"——当然不是一个人睡塌的。

现在支撑床的不是床腿，而是一沓沓的杂志。桌上像被台风扫过，床单皱巴巴的，颜色褪得厉害，像他的旧T恤衫。只有比尔是新鲜的，紧张得一头的汗，说了很多话，望着她微微傻笑。

"从看到你进酒吧的时候我就想吻你。"他说。

"可是你还没吻我呢！"莉莉安说。她有点后悔，今天本来可以早睡的，这个纯情的男孩子要这么深情地瞪她瞪到什么候呢？

（二）

2006-8-4

在进入正题之前，莉莉安和比尔克服了两个问题。第一个是效率问题，莉莉安发现，和在公司里一样，及时发出指令比等待对方行动要更有效率。

她以为比尔不知道如何下手，善意地提醒他："内衣扣子在背后。"

"我知道，"比尔说，"刚才在酒吧里我碰了碰你的后背，就知道了。"

莉莉安瞪着他，原来他不是无知，是想做个性行为模范——慢慢来。

第二个是资源问题，比尔伸出手去抽屉里摸，发现没有保险物资存货了。

莉莉安那天没有心理准备，也没有带。

"等等。"比尔一头大汗地起床，穿好衣服，甩甩头发，红着脸去敲室友的门。

莉莉安听到比尔说："能借我你的安全套吗？"

对方粗鲁地说："可以，但是有个条件——你别把它们还给我！"

莉莉安用枕头捂住自己的笑声。

比尔回屋的时候，抱歉地说："对不起，我以为还有几个。本地的产品尺寸不适合我，我总是从网上订货，刚订的还没送到……"说完，把一把套子扔进抽屉。

莉莉安喜欢他"上保险"的时候，先用他的大手把她温柔地翻过去，像一只大熊翻它心爱的玩具，或者最喜欢的食物。虽然经历丰富，他还是受不了在这个时候被注视。

他喜欢她温柔地发号施令，她还能够让他在这个过程中发笑。

如果人的生活仅仅限于床上，他们将会非常幸福，像最狂野的梦想。

但是此后莉莉安立即开始有点不安，因为比尔一晚上没睡，不停地沉思，微笑，从各个角度分析自己遇到她有多幸运。她刚刚摆脱一段纠葛，警惕之心顿生。她对很快就要靠打飞机维持的关系没有信心，而且，这个一周只有一次清洁工服务、门一踢就开的单身汉宿舍让她心神不定。她出去上洗手间的时候，还得穿着比尔巨大的旧 T 恤，偷偷摸摸的。洗手间里没有毛巾——每个人都把自己的毛巾带回房间，以防被别人乱用。她洗完澡只好用卷筒纸擦干，身上东一处西一处地沾着纸屑。

回来躺下，比尔继续告诉她，他一直喜欢比自己大的女人。第一次的时候，是被一个大他 30 岁的女人勾引到卧室里去的。后来，他还有过各种小男生必有的经历，比如被一个已婚女人偷偷送出门，禁止坐电梯（电梯太容易暴露目标），从 30 层的楼梯走下去。

天快亮的时候，越来越担忧的莉莉安深吸一口气，狠下心说："比尔，我得告诉你一件事，你不能爱上我……"

比尔惊讶地看着她："谢谢你！"一晚上她已经让他高兴地吃惊两次了。他开始分析这句话证明她是个多么了不起的女人。

她心不在焉地转过身去，看到他腋毛上一粒粒的盐，那是一晚上劳动出的汗的结晶。他们开始接吻，又完成了一次梦想。

莉莉安对比尔说："你做我的维尼熊吧。"

比尔微笑："我很高兴做你的维尼熊，不过这只熊有时候需要上班，不能保证老躺在床上！"

说到上班，莉莉安转过身去拿起手表——该起床了。他们带着黑眼圈温柔地吻别。少女和她的玩具，或者熊和他的玩具，各自分头去觅食。丛林里的冒险不过如此。

伪　装

2009-7-2

"从前，我有个澳大利亚的同学。"

这个周末，广州下大雨，大鱼闲来无事，拿了一罐啤酒，坐在沙发上给苏丝黄讲故事。

大鱼这个人最好玩的地方，就是他跟真理一样，完全是赤裸裸的。他讲故事的时候，你就能从他脸上看出他对故事中人物的羡慕，尤其是流氓类人物，因为大鱼没有做流氓的天赋，只有一颗偷偷向恶的心。

这回他讲的是关于大鱼在澳大利亚的同学斯蒂夫如何欺骗少女的故事。

斯蒂夫其实不是职业骗子，他是个羞涩的业余演员，上台表演的时候也是演那些懦弱受欺负的角色，或者是脑袋上罩着个鸡头或者钟座儿什么的，站在那儿发出古怪的声音。

斯蒂夫外表羞涩，内心狂野，每个周末，他都要去学校附近的一个酒吧待着，期待有什么姑娘对他产生兴趣。为了扮酷，故意穿一件重金属乐队的破 T 恤，耷在瘦小的肩膀和不太发达的胸肌上。

结果可想而知，没人对他感兴趣，他倒是对一个酒吧女招待产生了兴趣。姑娘穿了件宽松的白色毛衣，转身拿酒的时候，一边领口老是掉下肩膀，让男孩子看了发狂。

斯蒂夫掐着手心走过去，张开嘴，不由自主地发出了古怪的声音："你好，能给你买杯酒吗？"他发现这声音跟他扮演的"未来鸡"和"世界钟"一模一样，在台上费劲要捏出来的声音，这会儿怎么就跑出来了。

姑娘轻蔑地瞥了他一眼："不用了，谢谢。"这一眼如同千刀万剑，把斯蒂夫戳得千疮百孔，气馁而归。

他回到宿舍，向一个以骗姑娘出名的舍友请教，舍友说："太简单了，如果她不喜欢现在的你，你就需要伪装。"

下一周，舍友带着斯蒂夫买了露出彩色碎花衬里的黑色紧身衬衫，非常紧的黑色裤，雕花的皮鞋，香水。"你以后还能用上。"舍友安慰心痛地捏着钱包的斯蒂夫。

第三个周末，他再去酒吧，姑娘还在，还穿着那件白毛衣，他慢慢走过去，在吧台神情恍惚地坐下。

姑娘好奇地看了他一眼，觉得这个同性恋好像没睡醒，但是气味和样子都还可人。

斯蒂夫要了一杯金汤力，默默地喝酒。

两杯金汤力之后，姑娘开始觉得他不仅不讨厌，而且好像还蛮安静可爱的。

点第三杯酒的时候，斯蒂夫问："能请你喝一杯吗？"

姑娘友好地说："不行，我工作的时候不能喝酒。"

斯蒂夫叹了口气："我就知道……"

姑娘忍不住要问这个垂头丧气的小伙子——香水起了必要的作用："喂，你还好吧？"

斯蒂夫说："不太好，我刚跟我男朋友分手。"

姑娘生出一点同情："是吗？真不幸。"

斯蒂夫呆着脸，想象自己是只钟："没什么，我习惯了，我有问题。"

澳大利亚是个单纯的地方，姑娘们都比较善良仗义，有护佑弱者的习惯，这下姑娘顿时胸中一热，安慰道："别这么说自己，我肯定是他们有问题。"

斯蒂夫把头埋在手里，注意让自己的声音不要太夸张："真的，是我的问题。"

姑娘好奇，趴在吧台上偷偷问："什么问题？"

"呃……"斯蒂夫欲言又止，"不行，我不能告诉你。"

"说吗！"姑娘的好奇心已经快把她害死了，"我保证不会告诉别人。"

"真的不行。"

"说不定我能帮你呢？说出来会好受一些。"

斯蒂夫张张嘴，又摇头："不行，真的，太丢人了。"

反复折磨了姑娘几次，姑娘的手搭到了斯蒂夫胳膊上，斯蒂夫知道差不多了，他把头抬起来，眼睛依然盯住面前的杯子："我不敢肯定，我是不是真的同性恋……"

姑娘不可置信："难道你没有跟女孩子试过吗？"

"从来没有。"斯蒂夫说，"没有人愿意跟我试。我太害羞了。"

说完，斯蒂夫抬起眼皮看着姑娘的眼睛，知道自己成功了。后面略去 1800 字。

大鱼讲这个故事的时候，无限向往地看着窗外的滔滔江水，笑得半张脸都快裂成碎片。

没有流氓潜质的男人，最大的乐趣，就是意淫其他流氓的经验。真是太让人同情了。苏丝黄笑得满沙发打滚，大鱼还以为是自己故事讲得好。

苏丝黄问："你试过这个办法吗？"

"没有。"大鱼沮丧地说。

"为什么没有？"苏丝黄问。

大鱼说："因为我话太多了，我会忍不住一直说，一下子就露馅了。"

为了安慰自己，他又补充一句："谁知道斯蒂夫是不是在吹牛？这故事都是他自己说的。"他把啤酒喝光，心满意足地打电子游戏去了。

（二）

2009-7-20

过期大事件：某年 6 月 30 日，曾经轰动欧洲的中国"蝴蝶夫人"时佩璞去世。八卦到底的《南都周刊》重铺往事：20 世纪 60 年代，时佩璞是一名中国京剧演员（特注：男演员），在法国使馆遇到法国外交官布尔西科（特注：男外交官），两人发展了一段自以为秘密的恋情……后来 1993 年拍的《蝴蝶君》就是讲的这个故事，香港影帝尊龙主演，大约是间谍史上最诡异多汁的事件之一，男女皆宜，老少则免。

在真实世界里，布尔西科追求时佩璞，又不愿承认自己是同性恋，时佩璞发挥柔顺聪明的东方美德编了个说法，说自己其实是女的，因为父亲喜欢男孩，所以装成男的，一下子顺理成章。俩人嘿咻之后，时佩璞还去新疆弄了个混血模样的小孩儿假扮儿子，从此外交官死心塌地，要啥给啥——这个时候你发现，钱真的不是最重要的，比它重要的东西有的是，比如情报……

所有的人都会问：俩人都嘿咻了，外交官能不知道对方是男是女吗？

是啊，架不住一个要骗，一个又特别想相信。

所以特别渴望的事情真正发生了，你一定要噔噔噔退后三步，仔细想想，这里面肯定有什么不对，一定是个圈套。

"没错没错，"锦江说，"不过呢，伪装有时候也是迫不得已。"

锦江是苏丝黄的老朋友，个子 1 米 82，桃花眼，有柔情无妖气，放在古代就属于让大富人家小妾钟情，最后害死人命的那款，放在 20 世纪六七十年代可以演杨子荣，放在 80 年代可以演许文强，放在 21 世纪的娱乐圈就没得混了——因为此时的娱乐圈只捧两款男人：雌雄难辨的，或者不刮脸不洗澡天天装汉子骂娘的。

锦江就只能上电视做专家访谈了，讲金融市场的走向。

这一年，锦江的单位送他去华盛顿培训，那是他第一次出国长住，高兴得睡觉前在脑子里翻来覆去地温习美国地图。 很多他那个年龄的中国留学生，到了国外基本没学到啥东西，因为只顾着学课本，学完了就跑去跟几个中国留学生打麻将包饺子。这样的学法，浪费了多少昂贵的路费学费，跟在石家庄待着也没啥区别。

活泼的锦江就不这样，他到处结交朋友，黑的白的黄的，来者不拒，好奇心盛——从纳米比亚的烹饪到导弹外壳的制作他都感兴趣，所以谁都爱跟他聊。

锦江住在华盛顿著名的"杜邦圈"，就是当地的男同性恋聚居地（这名字也不知道是不是故意的）。 锦江当时也不知道这儿为什么著名，反正就是在这儿交了好几个朋友，朋友们经常会坐下来端详他，说："哥，真白。"而他不知所以。（后面这句是苏丝黄编的。）

有一次，他在家旁边的健身房健完身，一头扎进桑拿房，踩到几个大大的脚趾，差点滑倒。 对方是个中年儒雅男人，笑了笑，接受他的道歉："我的脚趾说它们没事。"

男人叫琼斯，是个建筑师，快 50 岁了，身材却有棱有角。跟锦江一见如故，先是请锦江去他家参加了几次朋友聚会，后来请锦江出来吃饭，开着很拉风的敞篷法拉利，在夕阳中的大道上极速奔驰，一时间锦江产生了自己好似好莱坞明星的幻觉。他们谈论各种话题，从国际局势到建筑原理，也经常讨论中国现当代史，信仰呀啥的。互相都感觉遇到了知音。

有一天在饭桌上，琼斯忽然谈论起同性恋的话题："在中国，同性恋是被禁止的吗？"

锦江说："不是的，只不过社会习俗无法接受罢了。"

琼斯问："你呢？能接受吗？"

主张人人平等的锦江认真地想想，说："我在思想上并不排斥这个东西。"

琼斯很高兴，喝了很多酒，星空深邃之际，他忽然道："这个周末咱们一起去纽约度周末好不好？我请你去，我们住沃尔多夫旅馆。"

哇噻，纽约沃尔多夫旅馆度周末！锦江激动到不行，可是他谨慎的天性起了作用。他噔噔噔地倒退三步，心想：这是个圈套。

再看琼斯的眼神，是不对。低头一看桌上，更不对，琼斯的手正盖在他手上。

锦江赶忙把手收回："抱歉，我不能。"

"为什么？"琼斯失望地问，"我以为你很喜欢我。"

"我是喜欢你，可是是朋友的喜欢。"

"你不尝试怎么会知道你是什么喜欢？"琼斯追问。

完了，怎么办才好？锦江脑子一转，想起他们之前关于信仰的对话，道："我不能，因为我是共产党员。"

在坚定的信仰面前，琼斯理解地退却了。锦江也没有撒谎。

硬 调 情

2009-9-16

（一）

记得几年前，苏丝黄跟几个女性朋友谈各自少女时代调情的方式，记得当时总结出来，有妖娆缠人式，清纯无辜式，小鸟依人式，智力比赛式，最后胜出的是罗兰的"霸王花硬上弓式"——当然这个胜出标准众说纷纭。罗兰当年在大学里迷恋一男生，该男生每天清晨在学校操场跑步，那时候还男女授受不亲，也无手机或互联网传情，写信就更危险，随时可能被他人截获导致身败名裂。作为文艺骨干的罗兰，遂每日清晨，到操场边的单双杠上操练，恶狠狠的英姿堪比《红灯记》，很快就把该男生俘获啦。这个故事之所以胜出，是因为这种展现体能来追求异性的"硬办法"，听起来只有男的会干……

"硬"这个词，有好多种不同的意思，完全看你怎么组合。"硬道理"——霸道的道理，"硬伤"——致命的弱点，"硬糖"——硌牙的糖,"硬骨头"——烦人的人。

苏丝黄跟朋友们造出来的"硬调情"这个词,就比较微妙,也有好几种解释。

比如说,当年孟苏空床期,不慎与一个有妇之夫(我们叫他"之夫"吧)互相心生情愫。该"之夫"身居要职,不敢造次,一起集体吃了几次饭,暧昧短信发了几遭,都没有什么实际动作。俩人都明白,孟苏在城西上班,"之夫"在城东,周末是属于家人的,只有工作日,才有短暂见面的可能。

然而北京商业机构雇员的工作日,是何等让人身心致残,大家都可以从下班期间各人脸上近乎白痴的表情上看出来——有的人下班途中在地铁上睡着,哈喇子流一地,不是因为累的,纯粹是因为脑子白天受损。

调情短信一来二去,断断续续。现在的中青年都喜欢装早熟,因为传统文化鄙视小年轻,好多"精英"接近中年,忽然发现自己前半部分人生都跟着父母的期待走,走到一半意兴阑珊。这时候脑子开了个小差,左顾右盼,发现个把好东西,完全不符合父母意愿,但煞是可爱,实在舍不得撒手,怕撒手就失去了早就失去的青春,然而已有的也得死死抓住以防孤老终身,是以练就了超级分裂人格,自己都不知道自己在撒谎。你说他撒谎他还跟你拼命。

总之,"之夫"和孟苏在紧巴巴的日程表中,好容易挪出一个傍晚的时间,硬着头皮约了吃饭。

是日,交通高峰提前到来,迟迟不散。孟苏从西四环"发车"，"之夫"从东南四环"起兵"。两人足足在烟尘滚滚的四环路上走了一个半小时。也正赶巧，因为交通事故，堵在城里某处的立交桥下，眼看餐馆就在远方如海市蜃楼熠熠生辉，就是动弹不得，又不能弃车而行。"之夫"头疼病犯，孟苏也腰酸背痛急于上厕所，此时已经夜里10点将近，两人短信互相道歉，各自绕道回家了事。

现代牛郎织女的故事，不过如此。在这里，"硬调情"的"硬"，指的是忽略自己精力不济的事实，企图做耗力气的课外练习。

第二种"硬调情"的故事，是闪闪贡献的。

那还是闪闪的郁闷单身期，最爱去北京某著名读书咖啡馆自习。该咖啡馆有来自世界各地的读书爱好者，各个年龄段的国际混混，媒体圈名人，极其偶然地，还有寂寞的低级外交官，等等。当然奔着这些人来的世界各地的姑娘，也供应充足。

那天下午，闪闪正在那门口的长桌上自习，旁边忽然坐下一个帅小伙儿，也是常来的。闪闪跟他目光相遇，羞涩一笑，埋头接着干活。

一小时后，忽然打门口进来一姑娘，看起来20出头，浓妆花裙脚踝上有文身，进来转了一圈，突然就对小伙子说：我来帮你学中文吧！

闪闪晕。

然后他们就热烈讨论起中文学习啦。闪闪听得可清楚……
女：去见马克思了，意思就是说，死了，go to heaven. 男：I hope

he went to heaven.

瞧这文化误读的。

此女还有个同伴，俩人各坐闪闪左右……这边讨论中文，说起芋头，男的死活不知道是啥，女的也不知道英语怎么说。 闪闪说："突然之间，我另一边的女同伴拿起了电脑，上面有幅芋头照片……我夹在中间啊，天雷滚滚！"

"芋头的故事"，把几个女人笑得满地打滚。 这里，"硬调情"的"硬"，是"硬来"的意思。 语言不通、经历不足，都不是问题，只要另一方心知肚明并且参与其中，再低级、幼稚的对话也如滔滔江水。 苦的是那些夹在中间的听众，走也不是，不走也不是。

（二）

电影《附注：我爱你》里面，年轻寡妇的朋友对她说："你想跟电影里的女主角一样发疯？ 别想了，（为爱情）发疯是中产阶级的特权。"

经济不景气，中产阶级也失去了发疯的特权，只有三代不愁钱的权贵阶层胆敢装疯了。 越是如此，可怜的中产阶级越发要鼓起勇气，逆水而行，继续一些美好生活的幻象，比如调情。

孟苏从加拿大打回电话，说："我又工作了。"

苏丝黄说："赶紧去买几件白色性感衬衣！"

不工作是什么意思？ 就是睡衣当制服，一餐当三餐，盆栽当密友，幻想当经历。 濒于精神病而不能发疯，因为如果你发疯了，会被人谴责：你又没有工作压力，凭什么发疯？ 实在不愿意照镜子，照了还不是自己看？ 老公下班的时候，直接进屋上网或者看电视，跟你聊天的时候看着屏幕，上床就关灯。

工作的一大好处，在于如果你保持性感，会有人看。

孟苏这个新工作在联合国下属一个机构的人事部门。 都以为联合国的机构应该是清闲的，其实也忙得很。 繁文缛节，拖泥带水，勾心斗角，哪个机构都有，但是大家可以自由开玩笑，这倒可以调节心理。 下了班之后大家去喝一杯，在酒吧里没有上下级和男女之分，气氛倒也非常融合。

这天孟苏穿着她最性感的白衬衣上班，在走廊里遇到老板，领着一个衣着考究的男人迎面走来。 老板说："早上好，孟苏。"孟苏说："早上好，老板！"下班之后，大家照例去酒吧喝酒，老板带着那个男人（他叫菲尔）也来了，还是联合国纽约总部的一个不小的头儿。 菲尔跟人交谈的时候，男人女人都会心折。 再没什么比一个位高权重的英俊男人脸上露出的真诚好奇更像春药的了。

大家纷纷要酒水，菲尔转过来问孟苏："你想喝什么，孟苏？"

孟苏登时心跳紊乱，不过她假装每天都有迷人的大头儿对她献殷勤，所以她冷静地低声回答："长岛冰茶，因为我想跟你谈朝核问题。"

就这样，他们谈了一晚上问题，囊括五大洲四大洋，孟苏失业期间在家看的那些《经济学人》杂志全派上了用场。 可见任何时候，都要注意个人修养，以备不时之需。

那不是调情，但是比调情更让女人激动：一个文艺复兴式的、洞悉权力核心的男人回答你对世界的所有困惑。这难道不是每个女孩子都做过的白日梦？

菲尔回到了纽约，给大家来了一封信，感谢大家的工作和那个欢乐的夜晚。

孟苏心里一动，给他回了一封信，谢谢他"带来一个迷人的夜晚"。

三天之后，菲尔回信了："亲爱的孟苏，我非常高兴能认识一位像你这样有旺盛求知欲和洞察力的人事处职员……"看起来很正式的亲切，但是孟苏注意到，他用的是自己的私人邮箱……

孟苏给他写了一封信，附上自己拍的一些照片。她喜欢做些摄影实验。菲尔很喜欢那些照片，他送来一首他喜欢的歌。如此往来两个月。

这就是孟苏打电话的原因："我是不是老了，连调情也没兴趣了？我调了两下，觉得后劲不足。"

"靠，这不是难为自己吗？"

"我也有点这感觉，但是没有人调情了，又怕自己一脸老妈相……"孟苏说。由于少年时代受的教育，要迎难而上。越是不行，越要努力。每次写信要酝酿好久的情感，做到理智与情感的平衡，要矜持又要深情款款，要有知识又不能卖弄，要好奇又不能窥秘以防被当成间谍，神呐！

孟苏的"硬调情"是所有调情里最悲壮的一种，犹如身残志坚——被生活一点点的失望掏空的时间、精力、敏感、梦，抓住个机会就想把这些都弄回来。重点已经不是男人，而是飘忽不定的情感——众所周知，情感这东西跟气体一样，越使劲儿抓，越觉得自己两手空空。

苏丝黄大笑："是啊。我以前有个同事，他老婆说他在家不调情，就会出去跟别人调。而且不分美丑，重在参与。"他老婆是个成功熟女，了解人性，极其豁达，跟他说好了：你干啥都可以，只要不花我家的钱。套子我都数好了，少一个跟你急！

在这样的前提条件下，男人还能做什么呢？好吧，至少还有一点表面的自由，可以硬着头皮偶尔调情，简称"硬调情"。

上帝的归上帝

2010-3-2

　　跟比自己小 10 岁的人一起聚会，你总会遇到一些意想不到的事。

　　比如这天的元宵聚餐，苏丝黄听到大力说自己订了《美国国家地理》杂志，正在私下想："哎，有空去他家借来看看。"忽然被一个激动的声音吓了一跳："你就不该再买杂志！为什么不从网站上看？"

　　说话的是个比他们小 10 岁的技术小狂人。

　　"可是上网的时候老不能集中注……"苏丝黄虚弱地说。

　　狂人打断她："那是因为我们很多网站设计得不好！好的设计是绝对能让你专注地阅读的！"

　　这个小狂人，就是那种如果你告诉他想去东京赏樱花，他会告诉你："10 年之后人就没必要出门赏花了，3D 技术，提供触觉、嗅觉信息，你可以随时在家看樱花，你可以满床堆上樱花！

机票都不用买！"在虚拟樱花堆满的床上打滚，怎么样？ 看着他激动的脸，你可能会信以为真呢。 "10 年后你甚至可以打印樱花！ 用一张纸，打出一朵樱花！"

分子，原子，不过这些。 坐在家里组合一堆分子原子，要什么有什么。 原理大概是：你自己就是一堆分子原子，严格说来，所有的反应都是物理的，不存在什么不可模仿的精神反应，所以不管是看纸质杂志还是看"真的"樱花，技术总能为你提供同样、甚至更好的分子反应——比如，没有一朵樱花是残的，被虫咬的，你想要有被虫咬的？ 没问题，要几个洞？ 在什么位置？香味要不要再浓一点？

苏丝黄心想，自己说不定可以活到女人们可以随意制造理想男人，男人可以随意制造理想女人的那一天。 每个人都变成一个小型上帝，天天从打印机里抽人出来，一看不合适，再塞回去，碎纸机直接绞了。

再不行，设置一个电脑程序，把他的大脑给改造了，天天回家就做饭，见你就夸。

不过，扮演造人的上帝，是很寂寞的事情，因为你造出来的，对你而言不是奇迹。 像皮革马利翁那样，爱自己塑造的雕像爱得死去活来，终归还是需要奇迹，需要上帝给吹口气，把雕像变活了。

总之，苏丝黄失魂落魄地回到她的同龄人当中，恰好接到孟苏的来电。

孟苏很兴奋地说："我刚刚学会用 google 卫星图搜索！"

苏丝黄问:"那有什么好兴奋的?"

孟苏说:"我刚刚看到了他办公室外面的那棵大树!"

大家要是还记得孟苏的《硬调情》故事,就知道她现在已经顺利地从硬变软了。伊丽莎白一世给安儒公爵的那行情诗怎么说的来着?"那温柔的激情滑入脑海,因我柔软如融化的白雪",在没完没了下雪的加拿大,这种比喻就很容易被理解,因为那里的人几乎一年四季都在盼着融雪。

顺便插一句,这么看来,硬调情对增添生活乐趣确实也有一定效用,如果你能顺利坚持过最初的艰难努力,顺利软化的话。

总之,孟苏跟菲尔的调情,在春季里先于积雪软融。其实所谓调情,无非是在信件里写写:今天我去看了场什么什么电影,里面那个被陷害的人,后来怎么靠着自己的勇敢逃出来,但是这世上相信他的人没几个……然后对方回信说:是啊,孤独,不过要是你被陷害了我一定相信你是无辜的……这类非常让人不齿的幼稚园对话。

昨天晚上,菲尔在信里写:"我办公室窗外有棵大尤加利树,今天发芽了!这棵树的新芽在每年4月都会长齐,一棵老树干上长满新芽的时候,看起来是很神奇的。"

当然啦,菲尔这是在比喻他自己呢,虽然他比那棵树年轻多了。

孟苏,这个准电脑白痴,忽然想起以前见人用 google 搜索过自家屋顶,还看见自己站在自己的车子旁边锁车门。于是立即到 google map 上搜索了一下。哈!看到了那棵大树,还真是大呢，从顶上看下去像一团灰鸟巢。孟苏想象了一下，菲尔怎么从窗口看那棵树，给自己写信，想到这个，这一天就过得很高兴。

苏丝黄撑着下巴说："看来高科技的东西，也不是那么没有诗意。"

好像，在治病的时候，插手造物主的领域，比如干细胞研究，是可以的。但是在爱情上面，就要非常小心，要不损害我们脆弱的情感。未来世界里婚姻的誓言要这样的："我发誓爱你终生，一辈子照顾你，爱护你，在任何情况下都不把你塞进大脑改进机或者碎纸机……"那该是多让人清醒的经历啊。

波　涛

2010-5-31

　　桑德拉来自巴西，波涛汹涌，两腿很长，一头金发，虽近中年，笑起来还偶含羞涩。 她在中国三年了，和大多数外国女人一样，在中国的爱情生活不是那么波涛汹涌。 在三年的日子里，她只被中国男人追求过两次，第二次被追求成功了。

　　第一次呢？

　　"啊，那个……"桑德拉大笑，"那个非常不幸。"

　　桑德拉刚到中国的时候，因为工作关系，要跟一位医学专家见面。 那个医学专家英文不好，只能依靠翻译对话。 谈了一个下午之后，该专家说了句话，翻译红着脸笑，沉默不语。

　　桑德拉问："他说什么？"

　　再三逼问之后，翻译说："他说他觉得你很迷人。"

　　"哦！"桑德拉说，"谢谢！"

　　专家又说了句话。 翻译说："他问能不能请你吃饭？"

桑德拉说："好啊。什么时候？"

专家说："Now!"这个英文单词他还记得。

她哈哈大笑，同意了，当然，不情愿的翻译只好也跟着去。那顿饭吃得很愉快，他们一直在互相打量，彼此肯定都很好奇，猜想摸摸对方会怎么样。这一晚上他们说了好多话，都觉得自己非常活泼，非常机智，还知识广博。专家一直忍不住盯着桑德拉的波涛看。

可怜的翻译没吃几口，饭局一散就告辞了，急着回家补饭。

专家对桑德拉说："我送你回家吧。"

他开了辆黑色桑塔纳，俩人进到车里，距离像远镜头一样"嗖"地拉近，两人都满怀期待，有点儿紧张。

但是才过了不到一分钟，紧张就变成了恐慌。他们发现，彼此还是陌生人，陌生人这么近距离坐着，不说话是不对的。

手势、舞动肩膀、费尽心思地试图记起几个单词，礼貌地假笑。10分钟后，专家心烦意乱地说："对不起，我不能一面说英文一面开车。"刚才已经差点发生好几场车祸。

剩下的40分钟，像铁的黑夜一样漫长，死一样的沉寂。桑德拉心想：要是他是出租车司机就好了，我就不会觉得这么尴尬了。她不敢再乱动，嗓子痒也不敢清喉咙。他再也不看她的波涛了，而是死死地看着道路，像是要把那条路碾死……

显然，语言不通有时是会消灭性欲的。

闪闪说："那个专家还是不够执着啊。"

闪闪以前还偶尔出国出差，总是一个人，有一次自己在威尼斯的圣马可广场上走，有个意大利男人忽然从地下冒出来，对她笑着说："Hello."

她扭头一看，这人个子矮小，穿着20世纪80年代的夹克衫，闪闪还以为是卖明信片的，点点头，脚下没停："Hello."

意大利人问了一句，那是意大利语，闪闪摇摇头："English. Chinese."

意大利人惋惜地指着自己："No English. No Chinese."

闪闪微笑，心想这怎么卖明信片儿啊。英文答："Nice to meet you."转身走开。谁知那人就跟了上来，用意大利语夸她漂亮。她懂一点拉丁文，"Bella（美人）"这词儿是听懂了，原来不是卖东西的，是想骗人。她假装没听见，左顾右盼疾步离开。

如果你看过意大利电影，就会记得里面意大利人的热情和厚脸皮，你要相信那是真的。因为广场上的那个男人没有被语言挫败，也没有被闪闪的冷淡挫败，他跟在她身边半步距离的地方，兴奋地说个不停。闪闪发现，意大利语是一门特别适合自说自话的语言，说起来波涛滚滚势不可挡，不用对方回复也可以自己激发自己，就算你懂这话，你也插不进去。

眼看广场已经走了2/3，再走下去就到了巷子里，闪闪知道不能再走了。

怎么办？呵斥他？万一把人得罪了，回头人家埋伏你打你一顿还算你走运。意大利黑手党很厉害，不能随便伤人自尊心。尊重本地文化总是没错的，虽然本地文化有点烦人。

再说，你呵斥他，他也听不懂啊。

闪闪想了想，停步站定，转过身，看着他，露齿假笑。男人不明就里，也站住微笑。闪闪用中文说："对不起，我听不懂你说啥，再说你长得也磕碜，我对你实在没兴趣，你找别人儿吧。"

　　说完伸手，男人愣愣地伸手，闪闪狠狠握住一摇："Byebye!"

　　不管你到什么国家，说"Byebye"的人都会得到"Byebye"的回复，不信你到阿尔巴尼亚或者马拉维试试。汹涌的意大利语波涛戛然而止，闪闪一扭身消失在人群中。

　　你看，就算你只会"Hello"和"Byebye"，你也是可以放心周游世界的。

[再见苏丝黄] 情感的几宗罪

两 岸

2005-1-12

苏丝黄和焯辉好了一年多，依然在吃醋。

每次和焯辉去到什么晚宴上，总会遇到迷人的单身女性，盯住焯辉的眼睛聊天，用的是"直取囊中物"那种自信而懒洋洋的神情。

在晚宴后，焯辉的口袋里也总会多一些名片、电话和附加的邀请，苏丝黄通常不在被邀请之列。

这一次又是，不过是老朋友。 回家的路上，焯辉承认自己一直对这个朋友怀有性幻想。 "我一直想知道，触摸她的感觉是怎样的。"

苏丝黄望向窗外，胃里一阵翻腾。

"为什么你脸上笼罩着青绿色光环？"焯辉开着车，只能小心地开玩笑。

"你惹我了。"苏丝黄说，"我已经受够你跟那些女人意淫。"

焯辉沉默片刻，一时不知如何对答。

"对不起，但是我是个虚荣的男人，我需要这种恭维。"

苏丝黄的第二思维立即开始起作用，她记得自己离开上一个男朋友时残酷的告别词："你对周围世界视而不见，整个人沉闷之极。"

"对不起……"苏丝黄说，"我脑子里乱七八糟。"

"你知道我喜欢女人，"焯辉说，"但是我永远把我的真实想法第一个告诉你，你永远会知道我在想什么。"

是的，苏丝黄知道那种什么都不告诉女友的男人，直到女友发现他在和自己的好朋友上床。

但是为什么接受真相那么痛苦呢?

"我爱你。"焯辉说，车子拐上长安街，灯火辉煌，冬夜清朗。

这句话此时似乎不管用。

她记得小时候的梦想，那些完美爱情的单一模式——初恋、结婚、除了伴侣之外对其他任何异性都不感兴趣、终生只有一个性崇拜对象。

她已经 30 岁，难道还在为这种不切实际的幼稚理想所困扰吗? 不仅幼稚，而且是单调的，如果世界不大于两个人，就太没意思了。 她渐渐安静下来。

到了家，她点上桌上的大蜡烛，等焯辉过来。

"脱掉衣服。"她跳下沙发说。

在他服从命令的时候，她一直看着他，活像个亚马逊女战士。他在她的注视下居然能够羞涩地自慰，她爆发出一阵大笑。

　　和对爱的担心没有关系，她知道他非常爱她，为她着迷，无比忠诚透明，渴望和她做爱，还分享其他一切东西，哪怕惹她生气的秘密。

　　他们躺在沙发上，苏丝黄叹气："我知道我为什么嫉妒了。"

　　她嫉妒的是距离和陌生感激发的幻想，那种新鲜的邀请对虚荣心的满足。

　　她理解那种甜蜜的刺激，她感到失落，因为那样的刺激你只能给爱人一次，在此后漫长的日子里，这种刺激只能由其他异性提供。大多数时候，这种刺激仅限于幻想，但是作为完美主义者，贪心的现代女人，怎能忍受自己不再是爱人性幻想的惟一对象？

　　电影《露西娅》里面，露西娅问她的爱人洛伦佐："你喜欢和陌生人狂野地做爱，还是喜欢和爱你并且你爱的人狂野地做爱？"

　　洛伦佐说："和你做爱。"

　　这句话很真诚，但是只说出了事实的一半。洛伦佐只赞美了露西娅的魅力，但是具有同样魅力的陌生人也是一样受欢迎的。目标的质量比目标的名目更重要。

　　"你能假装不认识我吗？"苏丝黄问。

　　"当然可以。"焯辉正色道，"您贵姓？"

露西娅建议洛伦佐和她分别到海岛上去，假装成陌生人相遇，然后狂野地做爱。

这是没有用的，一个人只能是一个人，他不能同时到达两岸。

苏丝黄希望人都能像《50个初次约会》里面那个患失忆症的露西一样，每天睡一觉就忘记当天发生的事情，第二天早上起来，结婚多年的丈夫还是个陌生人，每天都体会初吻。

苏丝黄的好朋友闪闪却对此不以为然："但是如果这样的话，你不就没法体会长久关系的默契？"

对，可能每次做爱都要遭遇初次做爱的笨拙乃至失败；永远不知道对方是否明白自己的意思；生同样的气；永远无法离婚；说同样的话；人类文明止步不前，因为所有人每天都怀着同样的新鲜感去看同一部电影。

人不能同时到达两岸。

第二个周末，苏丝黄把窗子打开，看见楼下走过一个帅气的小伙子，干干净净，对自己的魅力浑然不觉。他抬头看到她，微笑了一下。苏丝黄心里"腾"地一跳，回头看看，然后轻松地叹了口气。

我们都需要陌生人。

可操作性

2004-7-11

我们在二分法的世界中长大，从阴阳说和矛盾论开始，到达贫富对峙的阶级论，再到激进女权主义的你死我活的阴谋论。一种学说如果能够迅速普及开来，一定是因为它简化了世界——也就是说，这些思想的创始人告诉大家：听我的，只要能数到2，你就能理解这个世界的本质。至于那些连2也数不到的人，很抱歉，他们只好被思想家舍弃，因为这种人争取过来也没什么用。

瑞士人吉夫不是一个思想家，而是艺术家，通常他对思想家存有冷淡的尊敬，但是他也有自己的二分法原则，他把人分成两种：fuckable 和 infuckable（翻译过来就是：可操作性和不可操作性）。

这是一种非常直截了当、具有说服力的分法。

"这个世界上很少有什么不是由性驱动的。"吉夫说。

"啊哈，弗洛伊德。"苏丝黄说。

吉夫觉得应该立即表现出冷淡："弗洛伊德太简单化了，他连二分法都不用，他不承认世界会有 infuckable 的状态。"这真是无与伦比的粗暴。

苏丝黄憋住没说：至少弗洛伊德把世界看成两种生殖器的缩影。

"现在你眼中的世界是哪种状态？"苏丝黄小心翼翼地问。

吉夫露齿而笑，不说话。

苏丝黄看看外边火热的太阳，想起一个立即能够让人性冷淡的话题："我要去图书馆找些资料，明天要交工了。"

"什么书？"吉夫忽然问。

"关于水力工程的。"

"啊，那是 infuckable 的书。"吉夫说。

然后，他忽然开始念诗："他们在 / 珍藏古版和人文书籍阅读室之间 / 被逮个正着。"

苏丝黄探询地看着吉夫。

"大英图书馆男厕，2001 年 7 月 21 日。"吉夫说，"新闻上看的。"

写那则新闻的记者还采访了图书馆发言人，后者说："我们的工作人员慌忙进入那个洗手间时，从小隔间里传出的喊叫声上判断，这一对已经因为哲学问题的交流而非常痛苦。

"大家都知道图书馆经常引发人们一定程度的激情。很多人在图书馆里会见伴侣或者情人。

"我们已经提醒那对情侣注意，我们早已立有规章制度，决不允许这种力比多行为。"

　　苏丝黄遗憾地想到自己要去的那个过时而丑陋的大图书馆，那个表情森严的门卫，毫无美感的书架，平均年龄好像在 40 岁以上、视力不佳的读者。

　　这时吉夫正在朝桌子靠过来，看着苏丝黄。

　　苏丝黄认识吉夫不长不短的时间，一直很喜欢和他聊天，但是她直到这个下午才发现自己一直在打量他：过分瘦削的手，太小的嘴巴，和自己差不多的身体宽度，神经质的眼珠子。

　　她也露齿而笑，她终于知道 Infuckable 的含义了：即使在骄阳似火、无事可干的时候，你也对此人毫无兴趣。

　　"我买单。"她说。

此妒绵绵

2005-7-23

　　"滴滴！　滴滴！　滴滴！"温的手机响了，正是午夜时分。他紧张地扑过去看："是雅斯敏，她和朋友刚去'三人行'餐馆吃了饭，很高兴。　向你问好。"

　　孟苏照例把脸一沉，拿起床头的小说，转过身去。

　　"三人行"餐馆就是当年戴安娜王妃第一次和情敌卡米拉见面的地方，在伦敦很有名气。

　　自从温终于和妻子和和气气地离婚之后，最近已经有进步了，他终于知道，在晚上和孟苏独处的时候，频频和前妻发短信是没有好果子吃的。　但是出于礼貌，他们谁也没有告诉雅斯敏，半夜三更地给前夫发短信对他的性生活有害，所以半夜短信依然会不期而至，兴奋的、沮丧的、调皮的、漫不经心聊天的。

　　"为什么你就不能相信我呢？"每到这种时候，温就会问。

　　孟苏细声细气道："我只是觉得，这张床有点挤。"

"我和雅斯敏七八年前就没有关系了。我们连住在一起都受不了，但是我想保留一个老朋友，这也不行？"

孟苏看着温，好似看着个白痴："你知不知道你们现在就在虚拟同居？"

苏丝黄听孟苏讲这个三人行的故事很长时间了，但还是稀里糊涂。有时候，孟苏告诉自己要大度，讲道理，做现代独立女人，不要有受害者心态。大多数时候，她就忍着，但是脸上分明有五个1号加粗黑体大字："我忍，我在忍！"

"也许还是年轻，不够成熟。"孟苏安慰自己，"也许老了就没事了。"

苏丝黄讪讪地看着孟苏："那倒未必……"

上个月，苏丝黄回老家拜访姥姥姥爷。进了门一看，96岁的姥姥和94岁的姥爷在吵架。

吵什么呢？姥姥怀疑姥爷和附近的一个70多岁、全聋半瞎的老太太有"不正当关系"。

苏丝黄大笑。可是后来，姥姥偷偷对苏丝黄说："我不是无中生有。家里有几包（吃的）东西我都知道的。现在少了几包了，还不是被他拿出去了。"苏丝黄就笑不出来了。

姥姥记性是全家最好的。时间地点人物事件，从来没有出错的时候。而且，姥爷是出名的吝啬和怪脾气，没有一个朋友，如果他把东西拿出去送人，这这这……

姥爷变心了！

年龄和嫉妒没关系，和性也可以没关系。

孟苏想到面前可能漫长的折磨，忽然笑："人要烦自己，真是没完没了，无所不能。"

背叛未必是和别人上床。和异性朋友交谈时亲密得毫无节制，泄露爱人的秘密。又或者，两人关系出了问题，不和对方坦诚相见，却跑去找倾慕自己的异性朋友倾诉。或者像姥姥姥爷一样，两人同甘共苦一辈子，就等着告别人世时相互安慰，但是眼看大敌将至，忽然战友临阵脱逃，偷偷溜到后方喝酒，等等。要多少有多少。

《大公司小老板》那部电影里总结长久关系的秘诀："老婆就是战壕里的战友，战斗之后走出战壕，记得要把拉链拉好。"看来这个总结还是太简单了。亲密的形式有很多种，光拉好拉链还不行，比如，还要在必要的时候闭嘴……

可持续，不发展

2006-6-7

　　自从闪闪拒绝陶艺的求婚之后，两人还经常一起搞活动。这个活动不光是室外的，也有室内的。好不容易有个凑趣的，就这样"咔嚓"了怪可惜的，但是并没有多余的奢望，比如希望有一天对方会跪下来求婚什么的。

　　周末到了，陶艺打电话问："想我了吗？"

　　"想你？我还想多活两年呢。"闪闪说。

　　"我对你可不一样呀。"陶艺扮嗔，好像他真想过闪闪似的。

　　但是经过几个月的了解，闪闪大致也能知道，他说的并不全是假话。因为陶艺老是在凌晨 1 点给她发短信道晚安，这不是敷衍了事的态度，还是有点认真的。而且，如果有烦心事，比如追求异性未遂，他们也总会互相倾诉安慰。

　　有时，陶艺的短信会引起闪闪一点恐慌："我在想，我每天都想到你，是不是爱上你了。"

"能不能拜托你，以后想这种问题的时候，先不要喝醉？"闪闪答。

果然，那边已经醉得睡着了。闪闪看着手机的黑色屏幕，心里有个小魔鬼捣乱了一阵，有点空落落的，最后还是睡着了。

第二天见面，两人就当什么也没发生过。

有一天，闪闪和好友赵璇一起吃饭，忽然陶艺出现了。

"嗨！这么巧！"陶艺说，眼神落在赵璇身上，瞬间放光。

例行介绍，闪闪假意问："一起吃吗？"心里希望他说不，因为赵璇刚刚失恋，正在开诉苦会。

谁知道陶艺说："好啊！"

他卖了一晚上的乖，就差上餐桌跳肚皮舞了。

第二天是周六，陶艺电话闪闪，约她吃早午饭。

闪闪点了肠粉和蟹粉包子，盯着陶艺看了一会儿。

陶艺讪笑："你嫉妒吗？"

"不嫉妒。"闪闪真诚地说。

"真的？"陶艺问，"我可以追求你的朋友吗？"

闪闪说："你们是成人，当然可以，但是我建议你不要。"

"哦，对不起……"陶艺掩饰不住的得意，以为看透了她的心。

但是闪闪不想盲目喂养他的虚荣心，更不愿误伤无辜："我的朋友刚刚失恋，她很认真，想结婚，玩不起。"

"我也想结婚！"陶艺说。

闪闪拍拍他的胳膊："我知道，但是十年之内不会。"

陶艺一副受伤的样子："我一直都想结婚！"

闪闪秉着两人之间一贯的诚实原则，道："你只是不敢放弃'我还能够结婚'这个念头而已。"

是啊，好端端的，谁愿意设想自己将会孤老终身呢？

陶艺左思右想，同意了："也好，我不想伤害脆弱的人。"

后来他有没有找赵璇呢？闪闪也不问。她打电话告诉赵璇："那天那个朋友可能会追求你，你倒是可以和他玩儿，但是不能认真——他青春期还没过呢。"

完成伟大友谊必尽的责任之后，她就绝口不问事态发展了。平时，还是各自活各自的。

只是有一天晚上，她睡不着，起来打电话问陶艺："情感上始终如一是美德。那和情人一直保持关系，虽然不发展，不是也很伟大吗？"

陶艺肯定地说："你说得对！"

闪闪看着黑下去的手机屏幕，心里挺高兴的。

最佳伴侣

2006-3-24

所有自封的和著名的性专栏作家都会告诉你，每个女人都应该有一个真正的异性朋友，一个真正欣赏你、和你在一起轻松自如的男人。你可以跟他狠损办公室同事，或者坦然承认自己的婚姻问题，可以和他一起去"阿一鲍鱼"或者"家乡涮肉"，可以和他一起逛街，他会告诉你哪款手链能够配你新买的那条可怕的紫药水颜色的裙子。

一起吃盐渍鲑鱼子寿司的时候，他形容黏稠的鱼子液在舌尖和咽喉入口处留下的暧昧质感，不会让你坐立不安，只会让你哈哈大笑。

他会告诉你一点男人的真实逻辑，让你不至于被劣质爱情电视剧欺骗。他亦不会在任何方面和你偷偷竞争。

你半夜打电话给他，问他如何调试自己新买的音响，他教了一小时而你的音响依然发出砸锅敲铁的声音，他不会有一点恼火。

对了，这样的伴侣不是天使，这八成是男同志。

如何识别真正的男同志？他们大多数是那些让你非常舒服的男人。干净、讲究穿着、细腻、对女性耐心，很多人多少有点艺术天赋，有足够的幽默感。

苏丝黄有个同事在旧金山待过几年，刚开始不熟悉情况，屡屡芳心误托，后来"就绝望了，看见自己喜欢的，就知道一定是男同志"。

当然，用表面的标准判断肯定会有失误，加上现在的男孩子都普遍开始注意穿着了，也普遍被城市生活驯服了。苏丝黄就见过好几例，外界盛传是同志，但实际上连和男生握手超过五秒钟都受不了。

那么，在这个城市里，究竟有多少潜藏的同志？

有一次，苏丝黄做了一个小小手术，在一家女子医院里躺着。旁边床上是一个做导游的年轻女孩子，做的是另一种手术。女孩子显然被一个来自澳大利亚的有妇之夫欺骗，而且尚未醒悟。该澳大利亚骗子打了个两分钟的电话就消失了，但是女孩子的同伴——一个帅气饶舌的年轻小伙子，满足了她当时所有的要求。他不光带来了话梅和牛奶，还讲了几十个笑话。苏丝黄有点不解，如果是女孩子的崇拜者，不会对这个失足少女这么友好，态度也不会那么轻松；如果是普通朋友，怎么会陪到这么私密的地方来，又这么体贴。

正在闭眼装睡，就听小伙子说："你这算什么，别哭了，我给你讲个花木兰的故事。"

苏丝黄觉得好笑，心想为什么不讲刘胡兰，就听小伙子开讲了："花木兰从军，非常勇猛，当了将军。有一次，遇到一场激战，她小腹中箭，昏了过去。

"花木兰醒来的时候，看见军医跪倒在地：'花将军，真对不起，怪我医术不精，只保住了您的性命，但那东西保不住了，我给您缝上了。'"

你说，苏丝黄这下还能装睡吗？

能这样把对女性朋友的狡猾、善意、耐心结合在一起的男同志，八成是男同志，如果他还在妇科病房出入自如而毫不畏缩，那就99％是男同志啦。不过这个道理不能反过来，不是所有的男同志都能陪你去妇科病房讲黄色笑话的。

如果你遇到了一个此类最佳伴侣，可千万要珍惜。

斗牛士

2006-6-23

才在为伟大的可持续不发展关系得意呢，闪闪就恋爱了。

确切地说，闪闪以为自己恋爱了。

她遇到了一个非典型性香港青年小钟，就是一个头发不亮，衣服不整齐，讲话很容易脸红的香港人——她认为这是稀有品种，虽然那种厚边黑框眼镜是常见的。 她甚至爱上了他嘴里仿佛含着个烧卖讲出来的普通话："发（花）小姐，杰（这）里滴（的）冷系（气）够不够？"

有些男人让人发笑，是因为他们聪明，有些是因为他们傻。闪闪这种女人，总是不由自主地掉入同一陷阱：爱上傻男人，然后因为嫌他们傻，又把他们抛弃掉。

因为常跟陶艺讨论感情问题，闪闪自然会跟陶艺说起小钟。会讲故事的陶艺认真想了一下，说："你知道吗？ 日本有一种人，因为不能跟女人保持关系，就跟一种硅胶做的性玩偶保持关系——他们对这些玩偶像对老婆一样好。要是以后和真女人结婚了，还会给自己的玩偶举行葬礼。"

闪闪说："你想说什么？你其实还是更喜欢玩偶？"她的女权主义精神让她顿时火起："真女人多好！会自己穿衣打扮，会找最好的餐馆，会付钱，还会说话！"

"对，问题就在这儿……"陶艺说，"会回嘴，还会自己跑掉！"

闪闪觉得和陶艺争这个问题毫无意义，就想起别的："对了，小钟想在你那条街找一个门面开串吧，你能不能给问一下有没有人要出租门面？"

陶艺看着闪闪，不答，忽然问："你看过斗牛吗？"

"没有。"闪闪虽不明就里，但是听陶艺口气，知道事态不好。

陶艺接着讲故事："我看过。看斗牛的观众席上，前排有两个坐席是最贵的，西班牙贵族家庭坐在那里，别着绣有家族徽章的手帕……

"斗牛士在用刀子割断斗牛的喉咙之前，不会一下子把它捅死，而是一下一下地扎……

"为什么我忽然说到这个呢？你想想。"

闪闪花了半秒钟时间，承认了最坏的预感："你啊……"一口气就咽不下去了。

肚子里头一个扩音器震天乱响："跟我谈什么深情呀，追我的女朋友、我病得半死你说工作太累也不来看、约我出去旅行从来也没兑现过、有一次还被我逮到在成人网站上头寻友——还是论群的。 要不是我姑奶奶心胸宽广,你现在还不知道抱哪个枕头哭呢,噢……不,抱硅胶假人儿哭呢! 你你你,竟然跟我哭诉冤情!"

她就这么瞪着陶艺,忽然意识到,原来越伟大的关系,背后攒的灰尘和爬虫越多。 一旦谁要掀起毯子来掸,那就没完了。

可是,闪闪是那种掸毯子的人吗? 她要是的话,除了掸毯子之外,什么也干不成了。

而且,你能跟这么愚蠢、对自己的弱点视而不见的人说话吗? 那不是浪费时间吗? 在这样的人眼里,他犯的一切错误都是因为别人的错误引起的。

苏丝黄听了,大笑:"Picador(斗牛士),还是 picara(女流氓)?"

"当然是女流氓!"闪闪气道,"恋爱的感觉最好,但是仅次于它的感觉,就是让伤过你心的人失恋!"

比起伤心指数来了,这是不是现代爱情的新标准呢?

工作日情人

2006-8-26

在大城市里生活，总有些变化你是赶不上的。

变化似乎有个规律：谁跑得最快，或者谁的心最狠，谁就越可能成为确定规则的人。 比如，杰克·韦尔奇确定了全球商业公司定期裁员的比例。 那些跑得最快的人和组织正在把我们领向哪里，大多数人根本不操心。 所以我们才会变成今天这个样子：在胡同里排相互顶牛的汽车长队，在最拥挤的地段建造可以制造灾难的奇怪大厦，昼夜不睡地待抢名人博客的"沙发"，把教育体制无限制地商业化，等等。

约会也有了新风尚，如果你现在还为"周末情人"大惊小怪，认为它体现了社会风尚堕落或者前卫的生活方式的话，那你就落伍了。 现在我们也许可以讨论"工作日情人"。

"工作日情人"是和"周末情人"相对的一个词，实在想不出更好的名字。 要了解"工作日情人"的意思，你必须明白什么叫"非情人"。

比如，意面从前是个很忙的人，像一棵老是挂满蘑菇的树——他是树，女孩子是蘑菇。所以他的朋友们学会了很慎重地对待他的私生活——最好什么也别问。但是有些新的朋友不明就里，看到他把手搭在某个女孩子牛仔裤上两次，下次见面就会问："你女朋友呢？"

如果意面的反应是："什么女朋友？"那么他的手就是搭在了"普通朋友"牛仔裤上。

如果意面脸色一整，肃然道："她不是我女朋友！"那么他的手就是搭在了"非情人"的牛仔裤上。"非情人"就是那些大家都知道你跟他／她睡过觉，你也承认和他／她睡觉，但是你拒不承认和他／她签有合同的人。

"工作日情人"比"非情人"要隐秘一些，通常不带给朋友们看。

意面和娟认识的时候，其实彼此都挺喜欢，尤其在床上。他们的喜欢有点超出了安全线。意面当时希望为自己塑造一个唐璜形象，不想跟任何人签约；而娟当时觉得意面的外貌实在太拿不出手了——娟家里人全都很漂亮，意面只能算个次品，一个漏了洞的搪瓷盆。

于是他们就只在周一到周四晚上见面，下了班以后，跟同事朋友吃完晚饭，回到过于安静的家里，看着窗外寒风里颤抖的灯火，忍不住给对方发一个短信："想你了，你来吗？"

半夜熟悉的门铃，清晨高效率的撤退，每次都带着一个包，洗漱化妆用品放在里面，下一次再原包带来。

他们从不在周末见面。有一次，娟刚好周末有空，问意面："周五能见你吗？"

意面说："我想见你，但是我的朋友开 party……"

娟就不问了，后来再也没有问过。

周末是用来冒险的，在周末，工作日里的需要和温暖变得太过平庸，希望和它没有什么关系。在周末，工作日里软弱、孤单、满腹牢骚、需要抚慰的人不见了，只有一个充满勇气和好奇心的单身汉。

这样的关系通常只有很短的寿命，能够存活一个月就很难得。有时它存活的时间太长，超过两个月，两个人都开始感动，那就大事不好了。短信还会很温暖，但是他们会越来越没有时间见面，最后，他们在彼此温暖的夸奖中消失掉。

就像前面说过的那样，在大城市里生活，总有些变化你是赶不上的。不过，好在有些变化，不赶要比赶强一些。

疙 瘩

孟苏回北京，正好苏丝黄也在北京。闲人相见，分外欢喜。

已经一年多没见了，无数八卦要沟通。刚坐下来，听见咖啡馆落地窗旁阵阵嬉笑，转身一看，一个 60 来岁的老太太，穿着绣花蓝边橙色棉裙，拿着一张纸躲闪着，一面笑道："不行……不行……我写的东西……"对面一个穿黑色镶金边短袖上衣圆脸小伙子嘎嘎笑着抢："没事，没事，我就看看……"老太太打了他的手几下，最后纸还是被抢过去了。两人叽咕叽咕讲了半天，老太太突发娇嗔："真讨厌……"

苏丝黄和孟苏看得瞠目结舌。

过了几秒钟，苏丝黄最先回过神来，扭头对孟苏说："那小子是个 gay。"

孟苏也回过神来，对苏丝黄说："管他呢……那也是个年轻男的。"

然后孟苏想起了正事儿，问苏丝黄："你跟焯辉怎么分手的？"

苏丝黄说："都是我闹的疙瘩。"

苏丝黄过去两年在一个家大公司做事儿。大公司磁场强，跟黑洞差不多，一个人的时间根本填不满这个无底洞，怎么做都跟欠着公司债似的，心里很歉疚。

刚好那段时间，焯辉的工作停滞，找不着北。苏丝黄回家，要么不想说话，要么说话，也是说公司的事儿。跟焯辉说话，老觉得他说的不搭调。焯辉脾气又太好，不跟她吵，就顺着她说，越发让她恼火。

"不高兴的时候，他夸我，我也觉得别扭，觉得他夸的是错的。"苏丝黄说。

一个人心里有疙瘩，如果仍跟着另一个人，就会变成两个疙瘩——两个人关系近了，疙瘩也会传染，所以另一个人如果免疫力不强，不会治疙瘩，疙瘩就会扩大。

不爱自己的时候，会觉得无条件爱自己的人，肯定判断力有问题。

孟苏说："我一年不见你，你就那么变态啦……"

苏丝黄说："辞职以后就好啦！"不过这时节也晚了，只好离开那屋子。

苏丝黄变成了焯辉的前女友。早期跟焯辉刚谈恋爱的时候，因为焯辉跟前妻关系很好，苏丝黄还自己折磨了自己一阵子，现在她发现，跟前任保持友谊真是难得的美德。

俩人有时候还一起吃饭，毫无奢望地互相赞美一下，旁人看了还以为是和美的两口子，对自己的负罪感和虚荣心都是很大的安慰。

　　孟苏羡慕地说："你们大城市人的变态，已经到了让我发指的地步……"

　　孟苏住的那个加拿大城市，其人口密度在中国人看来跟乡镇差不多。因为冰天冻地，一年有半年时间，公共生活是要在地下度过的，有点像"微光之城"——大商场小商场之间在地底下连成一片，人在里头走来走去，像鼹鼠。

　　那样的情况下，人很容易因为寂寞而发昏。孟苏结婚前，有一次一个人在地下商场转悠，买香水。一个男人走过来，黑头发黑眼睛，白皮肤，衣服干净体面，戴着眼镜，看不出是哪里人。他问孟苏是哪里人。因为他非常羞涩，孟苏反而不好意思吓唬他，就回他是中国人。

　　男人说自己是伊拉克人，第二次海湾战争的时候逃出来的，在加拿大定居，做计算机工程师。

　　孟苏说："我也是来跟男朋友定居。"特意把"男朋友"强调一下。

　　男人听完，接着说："我好久没回家了。我是穆斯林，但是我不是非常传统的穆斯林。我给你看我家照片……看，这是我的护照……"

　　孟苏心软，同情地听了半小时，还听他讲伊拉克的历史。告别之前他还给孟苏留了电话号码，请她一定电话他。

从头到尾，都是非常礼貌的，带点羞涩。

孟苏当然把电话号码扔了。虽然还是蛮同情他的："人是挺昏的，可谁身上没几个疙瘩呢？"

到了 30 岁，怕的不是心里有疙瘩，怕的是不承认每个人心里都有疙瘩。不承认的话，要么就是跟别人别扭，要么就是跟自己别扭，很容易变成怪物。

苏丝黄问："万一是个连环杀手呢？"

孟苏笑："万一我拯救了一个连环杀手呢？"

感谢那些给我们治疙瘩的人。

未来千年女性必用品

2005-12-3

一张漂亮相片，一双漂亮高跟鞋，一张男人喜欢的音乐CD，采取主动(不管是搭讪还是拒绝)，常备半打啤酒，严肃的厕所读物，自己的名片，耳塞(以防对方打呼噜)，一个亲近的男性情感顾问，避孕套。

现代女性必备物件和品质。

这是苏丝黄从 MSN 的情感专栏上看到的。

闪闪说："这都是雕虫小技，最重要的必备品是一份体面的薪水和自己看重的工作。"

没有体面的薪水，你就租不起或者买不起干净的房子，买不起好看的家具、衣服、CD、书和啤酒，以及质量可靠的避孕套……

没有自己看重的工作，你就很难保持高兴和灵敏——再没有比高兴和灵敏的人更吸引注意力的了。

闪闪终于和了不起的摄影师肖闽分手了。自从求婚事件之后，她终于面对现实：肖闽和她永远不可能在同一个地方相遇，他不需要一个固定的衣橱和自己的炖锅。

苏丝黄问："为什么固定的衣橱和自己的炖锅那么重要？"

闪闪说："因为我是文明人，游牧民族偶尔入侵占领，但是他们终归是要跑掉的。"

她想了想，又说："我也喜欢在海拔 4000 米的地方做爱，但是我不想住在那儿。"

分手之后，她跑去参加一个莫名其妙的朋友聚会，有个和她同龄的男人对她表示兴趣，但他问出的第四个问题是："你是哪个星座的？"

"我觉得自己像他妈！"闪闪说。

闪闪又发现，单身女性也分两种：有主的和无主的，这两种又分别分为稳定和不稳定的。

有主的稳定状态——不用说了，这种状态维持时间最短，通常很快结婚，这种状态要准备的就是房子。

有主的不稳定状态——比如闪闪前阵子和肖闽拖拖拉拉的状态——需要备有几个亲密的女性朋友和稍许亲密的异性朋友，随时平衡心理。

无主的不稳定状态——比如闪闪在认识肖闽以前的状态——需要随身备有避孕套和一辆车（随时可以从对方家里出来而不必担心打不到车）。

无主的稳定状态——比如闪闪现在彻底"修整"的状态，需

要很多物质，除了前面所说的那些鸡零狗碎之外，还要有所有最新的DVD，一个好的MP3（比如最新的iPod），一双舒适结实的登山鞋或者一张健身卡，一个电动兔子。

一只可靠的、难以关掉的闹钟。

"一个人的时候，最困难的事情就是早上起床。"闪闪说。每天早上望着大亮的天光，心里发慌，知道外面的城市已经开始活动，然而感觉自己在那个一度非常喜欢的办公室里其实是随时可以被替代的，没有人真正需要自己。

一句话，闪闪让自己失恋了。

"我可以每天早上给你打起床电话。"苏丝黄说。

"多谢！"闪闪说，"我还是习惯自己来。"

"一个人一辈子有多少时候得自己来？"闪闪问。

苏丝黄叹气："我发现自己来其实是人生常态。但是没有人在学校里这么教育过我们，好让我们做好准备。"

不过，只有没出息的人才会一切都责怪教育体制。既然看到现实，那就赶紧准备。

闪闪说："我快过生日了，你送我一个USB按摩器吧……"

一个连在电脑上的USB按摩器，可以一面浏览各种网站一面震动的那种，这大概是未来千年最可靠的城市女性必用品了。

错误频道

2009-6-1

闪闪跟摄影师肖闵和好了，还搬到了一起，但还是经常见不到他。

以前闪闪也谈过两地恋爱，但是那时候，都是男人腻腻歪歪，每天几个电话几十条短信，腻歪到了极致，就会让她兴致全无，撒腿就跑。肖闵正好不是这样的人，他一出去就拼命工作拼命玩儿，完全没有腻歪的天赋，回来的时候指着一大堆照片对闪闪呱嗒呱嗒，拿锅子敲他脑袋都停不下来。

"很像个机器人。"闪闪说。但是这个机器人，因为让闪闪捉摸不定，有时会很恼火，反而把闪闪的注意力全吸引住，心无旁骛。

比如这个礼拜，他要去杭州拍一个大明星的写真，晚上跟朋友去喝酒，一连两天都没个音信。这晚上闪闪正好闲着，左右不是，心头发痒，一心要逗他。

以下是短信对话：

闪闪：干吗呢？

肖闵：喝酒。

闪闪：我也要喝！

肖闵：咱家冰箱有。

闪闪：我要跟你一起喝，喝完了上屋顶。（注：闪闪说的"上屋顶"指在户外做户内运动。）

肖闵：等我回去。

闪闪：要是你现在在床上就好了。

肖闵：别再逗我了。

闪闪诧异：为啥？

肖闵：不是明摆着你在那边我在这边吗！

闪闪：所以就不能互相逗啦？这是你们村的村规？

肖闵闷了半个小时才回：不是。你这主意对，就是该互相逗。

闪闪兴味索然：您真有逻辑性。

她翻个身睡觉。

半小时后，挑逗的短信来了，看来肖闵已经喝醉："我在想，你要是穿那双丝袜会是啥样？"

闪闪火冒三丈："你在看谁的丝袜呢？"

原来肖闵正在跟几个哥们儿坐在湖边儿喝酒唱歌，吓小姑娘。

闪闪跟苏丝黄抱怨："素质，素质！"

苏丝黄安慰她："你才没见过真正的没素质。"她给闪闪讲小董的故事。

从前，在一个小城市里，有一个很浪漫的姑娘小董。小董最怕的就是找一个低素质的男人，因为她看到有些姐们儿教训惨痛。比如有一个，找了个视钱如命的男人，出去买东西付钱的时候就看着老婆，或者扭过身去假装干别的，或者借机上厕所。有一次小董去他家吃饭，自告奋勇做菜。这个男人就站在她身边一直看着。等她做完辣子鸡丁，给锅里下油准备做炒青菜的时候，他忽然按捺不住，真诚地、讨好地说："小董，在别人家做菜，最好的事情就是不用担心用多少油，哦？"

小城市选择有限，后来小董左找右找，找到了个本城大医院的医生。这个医生长相不错，但来自附近一个郊县，说地方话的时候，非常有喜剧效果："杰慨（这里）没有徕碎（热水）！"为了不在花前月下或者床上枕间遏制不住迸发大笑，小董禁止他说地方话，要求以普通话对白。

医生同意了，但是他偶尔还是忘记，有一次取笑她："你哪慨（哪里）用锻炼，天天爬席依楼（11 楼）回家，妹（不）坐电梯就得啦！"

小董说："爬楼和锻炼的区别，就像强奸和做爱的区别，你懂不懂？"

刚开始，医生好像还蛮好的，可惜好景不长。他开始偷看她的手机短信、聊天记录和电子邮件，后来甚至发展到跟踪她上下班，虽然小董那时候老实得很，完全没有什么过失记录。显然惟一让他安心的办法，就是把自己用黑色布罩罩上，不出门。考虑到自己没有这样的人生计划，小董决定让他去找那些愿意拿黑布罩罩自己的女人去。

医生非常生气，他说："你就系个浪人！"

显然，不愿意跟他过的女人都是浪人。

小董"哈哈"笑完就算了，后来也没再联系。谁知道有一天，城里出了件人命案，一个男人把邻居给捅了，然后跳楼自杀，正好在这个医生的病房抢救。小董有个朋友在电视台，知道这事儿，求她给帮忙问问情况。小董经不住朋友死磨，就打电话给医生问："不好意思，你那儿那个杀人犯还活着吗？"

医生妒心复起，大怒："啊？你跟杀人犯都搞在一起？你现在还管他做什么？"

……

苏丝黄说："你跟肖闵就是偶尔调错频道。跟素质没关系。挺好。"

闪闪笑，她自己也知道，老是同一个频道同一个调子，才没啥意思。只要基本素质好，偶尔调错频道其实挺好的。

定情须慎重

2009-11-9

这个世上有很多可靠的硬通货，但婚戒绝对不是其中之一。

就像《生活大爆炸》里面的 Sheldon 说的那样："19 世纪之前，爱情从来不是婚姻当中的决定因素。"1 头骆驼 8 只羊，得嘞，一块儿过吧。骆驼和羊，或者金锭银镯，都有个超乎婚戒的好处：它们不是特意为某个人定制的，拿出去就能按市价卖。

婚戒这东西呢，大小只能合适某个人的某根手指，里面还要刻上名字，这些手工都要花不少钱，万一这桩婚事黄了，这个婚戒的价值立即大跌，只能回炉融成一坨从头开始，上面要是还有钻石之类有花样的，损失翻倍。

苏丝黄跟闪闪、咪咪和另外几个女朋友一起吃饭，想起这个话题，忽然发问："你们有谁收到过订婚戒指，然后退回去的吗？"

"我有。"咪咪说，"但我留下了，钻石的。"

大家"唔——"一声，看着她。咪咪拍胸脯（她的胸脯很大，看着挂在那里就很累）："不要以为我占便宜呀，他还欠我5万块钱呢。这个戒指最多值1万，他不还我钱，我就不能退，不然押金都没了。"

闪闪说："我有个朋友，男朋友第一次给带回家，就问女朋友她妈：'你家有没有祖传的戒指，可以给我，我好送给她求婚？我觉得这样比去商场买更有意义！'"

大家绝倒。

在座的一个姑娘问："婚戒要值多少钱？"

"应该是这个男人三个月的薪水。"咪咪说，"国际通行惯例。"

苏丝黄问："你前男友一个月只赚3000块，跟你借了5万？借来干吗？"

咪咪说："一起买房咯。现在房子还没搭好呢，也卖不掉，他要还我钱，且等。"

真是"婚姻有风险，定情须慎重"。

那姑娘接着问："怎么慎重啊？"

苏丝黄说："这么一说倒想起来了。"她去曼谷的时候，一次随手拿起一张英文的《国家报》，上面有个专栏叫"大师谈"，那一期的大师叫 C. Donald Carden，讲"第一次买终身保险的五个注意事项"。听着条条都适用于第一次婚姻：

一，搞清楚你为什么需要它（你真的想结婚吗？还是想结婚给父母和朋友看？）；

二，决定你要买的保险都保哪些范围（你是要找下半辈子的饭票，还是要找个解闷儿的？ 还是持久的激情？ 如果是第三条，千万别结婚。 吃饱的人对食物是没有激情的。）；

三，找到好的保险条例（如果有点小财产，结婚前做个公证吧）；

四，检查一下该保险公司的信誉、质量（要跟他／她身边的人多打交道，看看他们都是什么人，他们对他／她朋友的印象和跟他／她的关系如何）；

五，跟专业保险代理商量（找婚姻幸福、脑子清楚的朋友咨询一下）。

如果这些招数都不管用，认命吧。 毕竟保险，也不过就是过后赔钱，该死死该伤伤的。

苏丝黄有个住在悉尼的朋友，年轻时一时冲动，谈了半年的恋爱就想跟女友求婚，定制了戒指，戒指还没到货，两人就掰了。 他在床上躺了三天，第四天想起自己还有个戒指，赶紧打电话回首饰店里问："对不起，我定的戒指不要了，能退货吗？"

"没问题！"电话那头声音异常轻快，"没关系，这种事情经常发生！ 我们收 25％的手工费！"

这朋友本来还想就着电话痛哭一场，怕店员再收心理咨询服务费，赶紧给挂了。

尊重科学研究

2010-2-10

　　苏丝黄在读一本译言网站推荐的书，叫做《男人为什么不聆听，女人为什么不看地图》。 这本书跟目前市场上流行的那些"男女有别"类的书不太一样，它不光告诉你男女有什么别，而且告诉你男女为什么有别，是基于科研成果的。 里面充满了"男人不爱说话是因为他们远古时代狩猎时需要保持安静"，"女人爱说话是因为她们维护家庭需要沟通情感"之类的推论。有一些细节，看起来相当科学，比如说男人背部的皮肤是腹部的四倍厚，因为他们狩猎、战争的时候，背部容易受到袭击（看到这里，苏丝黄忍不住要问，那男人为什么没有变成豪猪或者河马呢？ 那样岂不是更安全？）。 又比如，远古的女人如果天生方向感不好，她们采摘果实的时候难道不会迷路吗？ 还有，亚马逊森林里的女战士又是怎么回事？

　　这样的书苏丝黄一般不看，因为她不太信任这种一棒子打死的总结。而且她自己经历的情况通常正好相反。比如说她的前男友大鱼吧，一天工作结束的时候，往往是大鱼回到家里，喋喋不休地讲自己一天的经历，一讲就是两个钟头，苏丝黄听、分析、提出工作指导建议。大鱼偶尔过意不去，问苏丝黄："你今天怎么样？"苏丝黄说："不错！"然后就不说话了——因为她实在不觉得有什么好说的，她已经习惯了自己解决问题。

但是大鱼在其他方面都非常符合"男人"的特点：热爱足球，喜欢玩闹，不解风情。他记得南非一场足球赛的时间，却总记不住苏丝黄的生日。

但是有些科研成果看起来还是有道理的，比如前不久西班牙巴斯克大学的一项研究，发现在各个年龄段，不管是少女还是熟女，女性的负罪感都比男性更强烈。专家表示，男人"太没有内疚感"才是问题所在。"心理学家让受访者回答何种情况令其最有负罪感，并进行了人际敏感度调查后，得出这个结论。"

"我说我为什么老是觉得自己像个罪犯呢！"闪闪说，"其实我后来仔细回想，我干的最坏的事情，也无非是一个月内脚踩两只船。我不偷不抢，助人为乐，工作勤奋，独立自主，孝敬父母。可老是觉得自己干了好多坏事！"

苏丝黄说："嗯，我也是，觉得自己亏欠好多人。"

比如说，楼下以前那个保安，人特好，老给她拎东西上楼，苏丝黄去年一直想过年回来送他几个老家的粽子，可是她过年回来，保安换掉了，苏丝黄只好自己把粽子吃掉（因为新保安拒绝接受她的粽子）。就这样的事儿，她每次进楼门，看到新保安，都会觉得歉疚。

所以，关于两性的区别，科学研究有时候准，有时候不准。信不信由你，你要都信了就是个傻子，你要全不信的话也会犯错——你要是不相信男女有别，老是期待对方变性，最后是一定要分手的。现在美国离婚率已经超过50%，把同居分手和同性恋分手算上，那伴侣分手率准在70%以上，这是很要命的，肯定是因为期待与现实不符。

顺便插一句，上个月英国《每日电讯报》上说，英国格洛斯特郡野生动物保护区内一对天鹅双双移情别恋，带着各自新伴侣回到保护区过冬。专家们震惊。这是过去40多年间该保护区4000多对天鹅中发生的第二宗"天鹅离婚案"，天鹅一般是终身忠诚的呀！世道真是变了，不怪人，可能要怪全球升温……

好吧，科学研究是有限度的。那么，在过年过节的时候，你该怎么对付你那因为祖先狩猎几万年而对人际关系不敏感的男朋友／老公呢？要知道，去年去他家的时候，你可是样样都操持到位了，他一点儿也没有操心。

那么今年，你应该：

自己为你们俩人订好回家的票。

直接给他一个单子，告诉他你爷爷奶奶、姥姥姥爷、爸爸妈妈、兄弟姐妹、外甥外甥女都需要什么新年礼物，告诉他每样礼物上哪里去买，告诉他商场的关门时间。

告诉他回家的时候要懂得敬酒，要动手帮忙做点家务，别傻坐着看电视。

告诉他以上行为都做好了之后你会奖励他——他想要什么奖励,可以自己提出来。

最后,你可以告诉他:"我原谅你的笨拙,因为你本来现在应该在外面打猎,给我带回来两件皮草的。 现在没有猎可以打了,但是你可以去买……"这样的伴侣关系,不是很符合自然规律、很公平吗?

十万个为什么

2010-8-23

"不行，Mr. Incredible 和史莱克要留下！ 这是我最爱的两个男人！"

嗯哼，这话是苏丝黄的一个闺蜜说的，她是个八岁孩子的妈。 她说这话，是因为他们家在打包，要搬到伦敦去。 箱子分成三类：伦敦、北京、送人。 哪些玩具放哪个箱子，妈妈有最后发言权。

于是，曾经不弃不离陪睡了三个晚上的海豚，带去伦敦；棉布狗送人，毛毛熊留在北京……

经过妈妈拯救，大肚子怪物史莱克从"送人"箱子里被解救出来，得到一番飞吻，躺在箱子里等着被带走漂洋过海，幸运的家伙。

要是看过《玩具总动员》，你就会觉得这场面惊心动魄。

"嗯，我们好好想想，这次我们有什么理由不会再失败一次。"焯辉说。

焯辉坐在沙发上，往后保持一点距离以示话题严肃，讨论中途不可狎昵，一只布老鼠坐在他们中间。

苏丝黄低头看看那只布老鼠，又看看焯辉。

虽然悲喜交加，两人心里都没底——破镜重圆的故事有多少呢？总之很少。

焯辉开口："我先说。"

过去两年，焯辉一直没歇着，但一直也没找新的女朋友，因为要"聚焦在重要的事情上"。他工作，结交新朋友，健身，找新项目，给自己买新衣服和新玩具，跟室友一起看完好几套美剧，包括《千谎百计》、《火线》和《罗马的荣耀》，读了不少书，听了不少音乐，给朋友搭了个网站，到处旅游。

苏丝黄自从恢复单身后，也找了个新工作，买了健身房的卡，看了不少书，听了不少音乐，写了一些东西，有了新项目，买了一些新衣服和鞋，结交了几个很好的新朋友，到处旅行。

白天都很好，连傍晚也不难过，因为总能有朋友一起吃饭。但深夜是严峻的——深夜是所有魔鬼出来窥头探脑的时候，得单枪匹马一个个去抵抗它们，每一个魔鬼的名字开头就叫"为什么……"

第 1001 个"为什么"出现之后，苏丝黄在例行的 skype 聊天上，问焯辉："为什么我们不能再试一次？"

他们虽然分手了，但 skype 聊天和 email 从来没断过，跟家里人似的，什么都聊。

这一晃眼，俩人认识已经七年了。重新坐在一起的时候，又觉得简直像没分开过似的。

焯辉说："我知道我们上一次失败，主要是因为我没有做好人生计划。我没有安排好咱们的未来，就想按以前的惯性过日子，但是两个人的生活是需要好好计划的，我错了。而且我没有自己的生活，完全把你当成世界中心。现在，我有具体的计划，有自己的生活重心，会给我们安排好未来，也让你有自己的空间。"

苏丝黄喉咙发紧，百感交集。关键时刻要认真答题，号啕大哭可以留到以后："我的问题也不小，我老是逃跑……"

自从 16 岁离家上寄宿中学，苏丝黄已记不清搬了多少次家，最糟糕的一年，她搬了四次，还跨洋搬家，最后总是跑回北京。她像个加速器，连晚上睡觉前自我催眠都不能安生，别人幻想自己在小船上慢慢游荡，她的船却总是变成宇宙飞船，速度越来越快，冲入太空，这下她只好坐起来看书到天亮。

起初是为适应社会变化的生存本能，后来发现社会变得都没有自己快……而且因为从小被逼做优等生，遇到一些正常问题，立即觉得天都要塌下来，因为自己居然不知道完美答案。

有一天，她开始问自己："为什么你的完美标准那么僵化呢？是谁给你定的？"

"为什么你觉得得马上解决，不能留下来等等呢？"

她给焯辉看《纽约，我爱你》。这部电影里有一对高龄夫妇，为庆祝 63 年结婚纪念日，走一条街，去海边看风景。

"你急什么？"老头儿问。

"我急着下个礼拜之前能走到那儿，瞧你这速度！"老太太说。

"你嫌我，休了我去找个年轻的啊。汤姆·克鲁斯不错！"

"你以为你好幽默是吧？"

"我还真这么觉得！"

……

就这么一路斗嘴，两人艰难万分地挪到了海边，老太太看着海，伤感起来，把头靠在老头肩上，老头在她额头亲了一下。

苏丝黄看这电影的时候，笑泪交加，看完之后想了一个月，在电话里跟焯辉问了那个为什么。

焯辉笑着看完电影，沉默了一会儿，加入了"十万个为什么"大队："我明白。但是……为什么是我呢？"

哈！这回苏丝黄知道正确答案，她知道自己还是会搬家的，但——"你是我的怪物史莱克。"

神　　经

2011-1-25

"我就是爱因斯坦定义的那种神经病。"闪闪说。

"他怎么定义的？"苏丝黄问。

"神经病就是那些老是用同样的方法做同一件事，却期待不同结果的人。"闪闪说，"我是在《生活大爆炸》里面听 Sheldon 说来的。"

苏丝黄惊叹："大师就是精确啊。"

旋即又说："那你有没有感觉到像现在流行的一句话说的感觉：'自从得了神经病，整个人就精神多了'？"

闪闪瞥了自己指甲一眼说："嗯，有。"

闪闪最近又跟一个小弟弟谈恋爱，谈得还很火热。这个小弟弟的梦想是成为中国的扎克伯格，每天像打了鸡血一样高调。他把什么都记录在网上，从微博到 flickr 到推特，闪闪常觉他家无四壁。"榨汁机怎么可以不分开果汁和残屑？下水道又堵得像东三环！""Andriod 平台 sucks！明天一定托人买爱疯——但愿女友批准。"其实闪闪从来也不过问他的财务开支，但他一个人玩得很 high，假扮成一个被女友管得不胜其烦的小伙子，似乎跟女人娇嗔"他就是老不让我休息"是一样骄傲的抱怨。

跟这样的人谈恋爱，想不神经都不行。"可是找个有常识的人太难了，"闪闪说，"在都没有常识的人里，不如找个身体好精力旺盛的，再说我也没有常识……"闪闪其实知道这场恋爱不会有结果："这种小伙子，在没人理会的时候特别喜欢我们这样经验丰富生活舒适的女人，等他将来有点小成就，跟那些乌槽槽的成功人士一混，觉得家有老妻没面子，就会转去找嫩果儿结婚。我见多了。"用爱因斯坦的话来说，明知故犯，就是神经病。

男人缺乏的常识，通常更难以预估。比如，男人不一定知道女人生气时只要抱一抱就会好很多；不一定知道孩子不能随便抡起来乱甩；不一定知道老板如果老是避着你，意味着你有麻烦了；不一定知道每天洗澡才能不发臭，而不发臭是人类现代文明的标准，等等。

有时，common value（普世价值）比 common sense（常识）还明显，是人都会要求平等权利。"常识"就不一定那么清楚，"有点常识"是我们常听到的话，但什么是常识？面对心仪之人，虽觉自己胜算不大，是加倍努力追求，还是悬崖勒马？年轻时是找份政府工作安稳过日子，还是追随自己的爱好去做个音乐家？

这些回答都因人而异。在关于个人命运关键选择的时候，什么是常识，取决于你对自己的了解。能力越大，责任越大；但如果没有通过做加分题来测试自己的边界，就谈不上了解自己的能力。

所以，如果没有闪闪的谋生能力和身体容颜保养技巧，就不要随便跟小弟弟谈恋爱。小弟弟呢，他不明白，回到家里，四墙之内就是你们俩人，真正的幸福没法表演出来，更何况，大家都忙，没人真正在乎别人的爱情，你瞎蹦跶个啥。

在通行的关于婚恋的所谓常识中，有一条，是非常坏蛋的，那就是"我真的不太想跟他结婚，可他是个难得的好人，我还是应该跟着他。"仿佛对方是个好人，就应该被你撒一辈子谎似的。从自私的角度考虑，这种所谓的常识也是错的，因为——说真的——好人到处都是，一抓一大把，亦舒奶奶说得好："这年头谁又杀人放火。"你以为满世界都是流窜犯吗？

另一条很可怕的所谓常识，叫"平平淡淡才是真"。这句20世纪80年代的歌词，使好多人误以为不平淡的生活是假的，甚至是错的。仿佛合法模范伴侣每天只应当谈菜价、烹饪和遛狗似的。老百姓可以自我安慰，平庸不是罪，但逼人平庸的人，犯的是最大一级的恶。罗宾·威廉斯说："你只会被（上天）赋予一丁点儿疯狂，不要失去它。"因为平庸的生活并不比不平庸的生活高级，因为一丁点儿疯狂是生命惟一闪光的时候。有时候，就是那点儿闪光，让我们心存念想，活下来。

闪闪说："我可不是辩解，做个中国人，想不神经太难了，老的少的都一样。"她讲起最近听到的一个段子："有个男的，好不容易跟爹妈承认自己是同志，爹妈好不容易接受了，谁知刚平静下来，他们马上催他找男朋友。"在神经的世界里，也还会追寻自己的规则。 说到底，每个神经都不真想发神经。

[再见苏丝黄] 与性相关的那个角落

准单身生活

2005-6-16

晚报编辑闪闪约苏丝黄去长跑，苏丝黄大惊失色。

"我要减肥。"闪闪说。

"你那个小身段上上下下也就剩下个头发可以剪剪，"苏丝黄说，"不要装样，给我坦白。"

谁都知道闪闪这辈子惟一热爱的运动，就是在全城大小服装店里用高跟鞋量地皮、磨嘴皮。

闪闪坦白："昨天上课又什么也没听进去。"

因为热爱法国文化，闪闪正在学习法语，那种学费很贵、打的费也很贵的学法，就是为了让自己心疼钱，好好学习。结果好几堂课下来，堂堂都在做白日梦。昨天做的白日梦是如何把户内运动搬到长城脚下。

闪闪的新男朋友肖闽是个摄影师，大部分时间在上不着天、下不着地的状态。现在在南非，给时尚杂志拍婚纱照，就是拍那种把女人半裸体放在莽莽草原上让人意淫的照片。

"你怎么会成准单身人士呢？"苏丝黄百思不得其解。

所谓准单身人士，就是已经两情相许，但是伴侣常不在身边。这种生活往往比单身生活更折磨人，因为必须守节。

你无法想象这个国家里有多少人在忍受这种生活：外出打工的民工和家属、因为毕业找工作而分居两地的大学恋人、跨国或者跨海峡恋、频繁出差的商人和家眷……20世纪八九十年代的时候，夫妻为了工作两地分居、晚上自己解决问题被认为是很正常的事。20世纪50年代，一些国际友人主动请缨到红色中国教书，结果政府不给教授配偶批签证，因为觉得"没有必要"，让国际友人抓狂。

现在不同了，长期分居的人为空缺找个替补也很正常。闪闪以前得意时期曾经一度有过好几个"呼叫服务热线"。

"人生得意须尽欢"的闪闪怎么守节起来？闪闪自己也不明白。

为什么呢？因为与他接吻总是让她心醉神迷？因为他知道草原上所有动物、植物和全世界人物的名字？因为他总是知道怎么用不同的方式脱衣服？因为每次和他做爱都像一场冒险？因为不愿意做了坏事之后对他撒谎？

"这么说吧，"闪闪选了个好理解的回答，"每次我做白日梦，他都是主角。"

苏丝黄明白了，闪闪进入了"情人领域"。

"情人领域"的意思是，两个人爱得如火如荼，会做出一些自己过后看了都受不了的举动来。 比如当众互相喂饭，用最不可思议的名字彼此称呼（苏丝黄听到过的最奇怪的昵称是"泡菜"），和别人谈话时不管以什么话题开始，都以夸耀自己的性生活结束。

还有自愿守节，守得两眼冒金星，对别的性伴侣失去兴趣。

"我有个朋友，守贞节的时间太长了，后来性冷淡。"苏丝黄担心地说。

闪闪说："呸！ 我们还有电话和电脑视频呢。"

靠社会监督和学习模范维持的贞节不是真的贞节，情人领域里的贞节才是——不过和情人领域里的任何事情一样，做的时候真的是给自己看的，千万不要试图为此寻找知己。

理想状态

2004-9-13

"你说，北京市每天有没有超过 10 万人在做爱？"闪闪问苏丝黄。接近中秋的北京，天空好像升高了三万公里，办公套装比露背装更适合秋日的凉风，好在，你发现办公套装也可以和露背装一样性感，只要选对口红和高跟鞋。

"你得去问人口普查局。"苏丝黄说，"只有他们的职业是半夜造访——哦，对了，还加上鸡黄组。"这是苏丝黄根据香港警匪片给扫黄打非专业人士"缉黄组"起的名。

"算上中青年组，北京再繁忙，也应该有这个数目吧？"闪闪说。

苏丝黄闭目想象十万人做爱的场景。连张艺谋都未必想得出来。

"有多少人每天达到做爱的理想状态？"闪闪问。

背景故事很简单，闪闪刚刚和一个她幻想了很久的男生上床，但是结果糟透了。

"大多如此。"苏丝黄说，"凡是你有过性幻想的对象，在实际操作中99%正好和幻想相反。"

"这个数据你倒是有。"闪闪说。

"我问过全城适龄未婚人士。"苏丝黄说。

"鸡黄组自愧不如。"闪闪笑。

"怎么回事？"苏丝黄问。

"我正在路上，我说，不要停……"闪闪道。

苏丝黄咯咯笑："我有个朋友正打算以此为书名写一本关于夫妻关系的小说。"

"但愿他不要抢你饭碗——我说，不要停，你猜他说什么？"

苏丝黄知道新浪网上有此类谜语，但是她从来不看，觉得智商太低。她瞪着闪闪。

"他说：好，我送你上天堂。"

"呕——"两人一起做恶心状。

"他平时谈吐很有分寸，非常谦虚，很正经，尊重办公室秘书……不过在性方面的EQ和别的方面好像不相通。"闪闪道。

苏丝黄说："不过你不能因为兴奋状态里的一句话就贬低他的情商。"

"这一句话就够让我觉得像香港三级片女配角，你还让我尊重他的情商？！"闪闪咽下去没说的是，她当时一下跌落谷底，再也没有上升。据心理学家说，这种突然的降落最损害女人情商。

"我的英国朋友有过一个男朋友,他接吻的时候老是撞到她的牙齿。"苏丝黄说,"她把他蹬掉了,因为不会接吻的男人也很难学会其他东西。"

"多谢支持。"闪闪沮丧地说。

她们沉默片刻。苏丝黄说:"昨天我和焯辉谈论了一下理想状态的问题。"焯辉在法国留过学,所以非常法国派。

焯辉说,他在这方面基本没有什么禁忌,除了不要虐待和暴力,不要太死板。好的状态总应该是非常愉悦的,美的,无拘束的,敏感的。

"听上去很神圣。"闪闪说,"你肯定他不是鸡黄组的?"

事实是,在性方面,形容词对描述理想状态毫无作用。你惟一可以肯定的是,30 是个好年纪,你并不能描述什么是你的理想状态,但是你很清楚什么不是你的理想状态,并且还有在非理想状态前扭头就走的资本和勇气。还有什么比这更理想的呢?

情 与 色

2004-3-24

　　"没有性的生活是不值得一过的。"晚报编辑闪闪说，"没有情色电影的性生活是没法过的。"

　　闪闪直到 30 岁才忽然明白，亦舒小说里说的"老夫老妻，做爱像刷牙"是什么意思，实在太形象了。

　　对青春期的孩子来说，性是很简单的、不证自明的东西。过了青春期的人，又是受过点教育、脑子很清醒、疲于在大城市中谋生的话，没有想象的性简直莫名其妙。

　　"就像大熊猫一样。"闪闪说，"我最近看到 BBC 的一则新闻……你知道人工养殖的大熊猫对交配没有天然兴趣吗？"

　　苏丝黄说："天天把我关在办公室里，我也没有兴趣。"

　　"所以，我们优秀的科学家想出了一个办法。"闪闪说，"制作熊猫情色电影。"

　　"你开玩笑？！"苏丝黄尖叫。

"真的，不信你上 BBC 的网站查。这一招挺管用的，现在好像比前两年多出了 500 只大熊猫。"

2000 年 4 月 26 日一则 Salon 网站新闻的开头是这样的："你是否愿意在一大群人围观的铁笼里做爱？如果你是这个世界上仅存的 1000 只大熊猫之一，你可能别无选择。"

科学家们在熊猫身上用春药，但是服了药的熊猫绅士会变得很激动，会攻击熊猫女士。

大熊猫的做爱只延续 30 秒钟，为了延长时间、增加交配成功率，科学家们还使用伟哥。

实在不开窍的熊猫还被领去看"成熊猫秀"。

苏丝黄对熊猫们寄予无限同情："我以前以为只有人类才会有性焦虑。"在一个连洗发水广告都要叫春的年代，不喜欢交配是很大的羞耻。

苏丝黄的英国朋友哈里也在座，他是个同性恋。他说："太可怜了。熊猫是世界上最敏感和聪明的动物之一，它们又没法拒绝这种活动。"

哈里说起自己的一个大学老师，是个同性恋。他把男人分成两种：fuckable，或者 infuckable。哈里发现这种看待世界的方式非常可信。

苏丝黄说："哦，你是很 fuckable 的那种。"哈里身材很好，穿着时髦。

哈里说："谢谢！你真是太好了。他从来没这么说过我，我觉得很失望。"

苏丝黄说："我相信他一定认为你很 fuckable，他一定是碍于师尊不敢说。"

哈里真诚地说："谢谢你！"

闪闪打断了哈里的感激涕零："要是熊猫不做爱，仅仅是因为它发现周围的异性 infuckable 怎么办呢？"

"或者它是同性恋怎么办呢？"哈里说，这是他本来希望提起的话题。

闪闪想了想："你得这么想，情色电影的最大作用，就是激起你的内在欲望，让欲望变得和具体对象没有关系。"

也就是说，最成功的情色电影就是那种在你的性欲望被非人性生活泯灭的时候，让你产生这个世界还是 fuckable 的感觉。要是能把同性恋变成双性恋甚至是异性恋，那就更了不起了。

苏丝黄叹口气，她关心的是另一个问题：我们生活在一个多么奇怪的国家：熊猫公开地、自由地享受情色片，而人不能。世界是无法理喻的。

爱情证书

2004-3-8

　　"三八妇女节箴言：爱情只有两种，"晚报编辑闪闪说。

　　她们坐在后海一家神叨叨的饭馆里，穿唐装的老板慢慢踱来，递过一张写在宣纸上的菜单，闪闪瞟了一眼，递回去："反正没得选，看它干吗？"这里的菜每天只有一套，比爱情还要单调。

　　"一种让你与世隔绝，一种让你拥抱世界。"闪闪说，"《读者文摘》1990 年第 6 期第 8 页。真要命，越是陈词滥调越是容易刻在脑子里。"

　　"哦——"苏丝黄说，"你是说总有一种爱情可以让人左拥右抱？"

　　闪闪白她一眼："别再写你那个专栏了。你的脑子已经变成一根筋了。"

　　苏丝黄想起来，《浮生六记》里面有一个饱读诗书的陈芸，

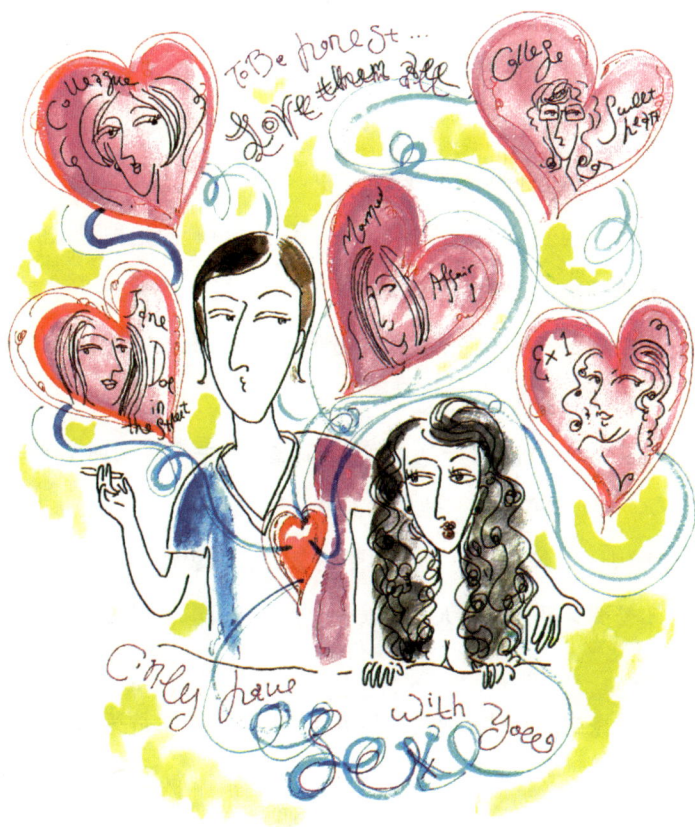

兴高采烈地女扮男装，出门去给宠爱她的丈夫找小妾。

"我有个朋友说，在性生活方面，开阔的心胸和智商与读书多少有关系。"苏丝黄说。

"很多高智商的读书人会同意这种说法。"闪闪说，偷偷瞟了一眼踱来踱去假扮世外仙人的老板，"让-保罗·萨特和西蒙·波伏娃，马克斯·韦伯和玛丽·韦伯，布鲁姆斯伯里集团（The Bloomsbuy group）的成员。"

老板下楼去了。闪闪接着说："不过，最赞同这种观点的是我家的腊肠狗，它到发情期了。"

苏丝黄正在痛苦之中，因为此刻她的男朋友焯辉正在和十多年前的老情人见面。

"他们一个月见一次，叙叙旧，握握手，临别时轻吻一下。"苏丝黄苦笑道，"他什么都告诉我。"

闪闪认识焯辉，他在法国受的教育，路数怪异，多情而正派，不管同时爱几个女人，只跟一个女人上床，而且要命的是从不撒谎。

"上床到底起什么作用？"苏丝黄问，"是不是爱情的安全证书？"

闪闪同情地看着老朋友："对他来说是……不过大概是没有时效保障的。"焯辉上一次的安全证书持续了十几年。

"好吧，我今晚只请你喝酒，饭钱你出。"苏丝黄本来指望闪闪安慰她，"你们知不知道，不撒谎有时候是自私的表现，保证了自己的诚实却让别人伤心？"

闪闪叹口气，拿出钱包数了数钱，说："酒我也请了吧。"

苏丝黄瞪着她，闪闪接着说："不上床和不撒谎一样，有时候是为了保证自己在自己心里的忠诚形象。惦记一个女人十多年，上不上床还有什么关系呢？"

苏丝黄恨恨道："你知不知道，这里的两人份够四个人吃，我要是没了胃口，你一个人吃不了的。"

这话起了作用，闪闪决定停止卖弄智慧。

"看过索菲亚·科波拉的《迷失东京》吗？"她问苏丝黄。苏漫不经心地点头。

"索菲亚说，她不让男女主角上床，因为上床会让事情变得真实，变成另外一种复杂的东西。"闪闪说，"你不能低估身体的化学反应；而且，接触的部位不同确实造就不同的结果……"

苏丝黄笑起来："嘿！我可不要结果，养不起。"

然后，她望望窗外满月下一湖被风狂追的水，对闪闪说："还是我出酒钱吧。"

帆船和黑鸭子

2006-3-1

英国教授阿兰来了。

他们在"隐藏的树"吃全北京最好吃的比萨饼——虽然如此，比萨饼也只不过是比萨饼。

苏丝黄问："圣诞假期过得好吗？"

"好！"阿兰说，"很有实验性。"

苏丝黄把饼一放，两眼发亮地往前倾身："怎么实验法？"

"我第一次尝试了驾驶帆船。"非常斯文的阿兰说。

苏丝黄很失望。

阿兰看了看苏丝黄，鼓起勇气接着说："不过我太太也很喜欢那里。"

事情经过是这样的：阿兰和太太在某资本主义国家接近赤道的一片小海滩上晒太阳，海滩上还躺了另外四五对情侣，被沙丘隔开。不知道为什么，忽然之间各小组纷纷开始各自行动。虽然是隔着沙丘，但是头啊腿啊声音啊并没有完全挡住。

你以为这很浪漫对不对？ 在黑夜的花园里也许如此，但是在大太阳底下，被晒得头昏眼花、性格羞涩的阿兰受了很大折磨。 他更喜欢隐蔽的内室，而且大腿上端黏着的几粒沙子让他很不舒服。

但是那样的场合下，阿兰能说不吗？ 这简直比忘记结婚纪念日还要不可饶恕。

这时一架帆船远远驶过天边，阿兰一急，就对太太说："走！租辆帆船玩玩去！"——听上去也是个同样刺激的主意。 结果，他们也玩得很高兴。

苏丝黄本来可以狠狠取笑阿兰，但是她想起了另一个朋友大猫的遭遇。

大猫曾经是个文艺女青年，现在文艺和青年这两个特征都在减弱，但是还有一些很文艺的朋友。 有一次，一个女文艺大龄青年朋友 A 和一个男文艺小龄青年朋友 B 及另一个不文艺的男青年朋友 C 在她家过夜。 大猫给他们讲摇滚乐（就是那些现在已经主流了的前摇滚乐），结果发现 A 和 B 两人聊得热火朝天。 关于"小资"和"左派"的话题让大猫和 C 都快睡着了，而且大猫觉得不对劲，就让他们自己在客厅聊，自己进屋睡觉去。

还没睡着，就听得外面的沙发发出有节奏的声音。

在此之前，客厅里的两位客人不知为何随手放了一张碟，是"黑鸭子"合唱队的抒情歌曲。

"翠绿的草地上／飞跑着那白羊／羊群像珍珠／洒在羽绒

上……"

大猫躺在屋里，心疼自己的羊毛椅垫和昂贵的沙发。

"朝霞迎接我／自由地歌唱／生活是这样／幸福欢畅……"

大猫辗转反侧，不敢出门上厕所。她倒不在乎看见草地和白羊，只是这会儿突然出去，会不会导致 B 终身残疾啊？

熬了约 40 分钟，才听得两位畅游完毕并洗过澡，回到客厅睡下。

大猫这才艰难地慢慢迈向遥远的洗手间。

从那以后，就像胆小安静的阿兰忽然爱上了帆船运动，大猫一听见黑鸭子合唱团的歌声就小腹紧张。扎米亚京和赫胥黎早就预料到，再美好的东西，如果强加给你，你也是不会喜欢的。我们不必等到公元 4046 年才发现这一点。

十 日 谈

2006-10-8

闪闪同事们一起吃饭，在座有德国小伙子马斯。饭菜还没上来，闪闪接了两个电话，就起身告辞。大家都很不习惯，因为闪闪最近神出鬼没的，实在反常——小报办公室里最容忍不得的就是隐私。有隐私的人就像长疥疮的人一样让人讨厌——你没有疥疮？那你干吗捂着？

"闪闪！干吗去？"大赔质问。

闪闪说："今天想早点睡觉。"

这是办公室通用语，大家笑。大赔又问："为什么要这么早？不吃饭怎么睡觉？"

闪闪说："想多睡点儿，边吃边睡，节省时间。"

大家笑作一团。大赔说："不要脸！"

马斯不解："为什么说她不要脸？"弄明白以后，他很吃惊。

"哇……"他结结巴巴地问，"还没有人喝醉呢，怎么就开始说这个了？”

"那说什么呢？”小赔问他。

"在德国，我们喝酒之前谈政治，喝醉了才谈性。”马斯说。

闪闪点头表示理解："哦，我们这里正好反过来。”

大家又大笑。闪闪趁机溜走了。

苏丝黄听了说："幸亏我和闪闪是一伙，否则岂不是要天天喝醉了才能写专栏？”

不是每个人都能像李白那样酒后成章，大多数人醉了以后不过是洗洗就睡，苏丝黄当然一样。

苏丝黄想起英国朋友哈里的一句话："基督教里面的七宗罪，其中六宗到了现在都不再是罪了。”

骄傲，你可以说是自信；贪婪，你可以说是积极进取；愤怒，你可以说是有个性；嫉妒，还是个问题，不过只是个小问题；贪饕，贪吃点有啥了不起；懒惰，如果你很有钱，那还让人羡慕嘞。这些问题，都不值得遭受大惩罚。

只有迷色还是个罪，如果因此丧命，也不会得到多少同情——比如说，一个在红灯区被劫杀的人，和一个在银行提款机被劫杀的人相比，会得到多少同情呢？"去那种地方？死了不是活该？”

为什么最有力的脏话依然是和性有关的话，而不是其他东西——比如说，能源危机，宗教，或者交通有关的话呢？"我堵！”？

为什么人们对自己身上最强大的动力和最重要的生存手段这么看不上呢？

又看不上，又喜欢，所以费那么大的劲来谈，日日谈，月月谈。这个世界上禁忌多得很，但是不是所有的禁忌都让人有乐趣。

闪闪刚回到家，肖闵就来了。他来拿留在闪闪这里的一台摄像机。从他进门开始，闪闪就心跳加速——你想要而没有得到的东西对你就会有这种效果。

肖闵看了看闪闪，把包放在门厅里，坐下来，并没有拿了东西就走的意思——他当初也不想走，是闪闪先走的。因为他暂时不想结婚，多可笑呢，其实她也不想，就是被拒绝了面子上过不去。

闪闪看了他半天，忽然醒悟，问道："最近性生活怎么样？"

肖闵大笑，盯住她："你看怎么样？"又问："你怎么样？"

他还是很喜欢闪闪，没办法，这个女人讲话不分卧室客厅公共场所。

既然讲话不分，那就什么都不分——他们在客厅里解决了性生活的问题。闪闪很高兴。她终于又可以谈论肖闵，不再把他当作疥疮了。

记忆之宫

2006-8-13

美国汉学家史景迁写过一本《利玛窦的记忆之宫》，不过苏
丝黄要写的记忆之宫跟这个老传教士没什么关系。

我们每个人在中年之前都学会了大部分的身体运动方式——
中年之后再学会一项新运动的人很少。大家都知道，学习的时
间越早，学起来就越省力，而且也学得越好。不过，性生活不包
括在内。

《十万个为什么》里面说，运动记忆是所有记忆里最牢固
的。比如，你10岁时学会了骑自行车，就算中间10年没有再
骑，20岁的时候你还是会记得怎么骑。但是，你为什么就老记
不住爹妈的生日呢？

关于运动记忆，我们的记忆之宫里有一个地方是专门留给欢
愉的。在这方面，只要不超过70，年龄倒不是特别大的问题。

每一个人的身上都会留下欢愉的记忆，亲吻的角度，抚摸的

方式……这些动作里像芯片一样留存着过去情感的影子。你可能会记不住对方的名字和家乡，但是你很容易记得谁喜欢深吻，谁不喜欢，谁怕痒痒，谁不怕，抚摸的时候该用手心还是手背，可不可以抱着他／她睡。一个拥抱和气味就能让你自然地记起一切。

为了保存欢愉的记忆而写日记是很笨的，和写性专栏一样，读者会完全误解你的意思，哪怕这个读者就是 10 年后的你自己。你会痛苦地问自己：那只猪是谁？他当时为什么没有用安全套？

一切时间都在缩短，记忆当然包括在内。图画和文字从一开始就在替代人类的记忆，但是替代记忆的形式也越来越短命了。这似乎是和黄金时代一同递减到青铜时代的：亚述帝国写在泥板上的楔形咒语和中国商代刻在龟背上的部落记事依然在博物馆里展出，汉代的竹简却很容易被虫子吃掉或者褪色模糊，早期质地粗糙的纸就比竹简更短命了，不过还是比后来精致的宣纸要活得长些。现在，进入数码时代了，我们的记忆在随时丧命的硬盘和动辄垮掉的光盘里战战兢兢地栖居，不知道哪天早晨起来忽然发现自己的记忆灰飞烟灭。

我们保存记忆的方式越来越脆弱，大脑的记忆功能又不如古人管用。怎么办呢？难道又要回到从前，在泥板上刻字吗？

苏丝黄想象自己坐在透过北京灰黄烟幕的阳光下，费劲地在一块大泥板上用草棍刻下：他昨晚在抚摸我时竟然睡着了！

然后，她把泥板留在院子里晒太阳，出门工作。等到回家时，泥板已经被雨冲成一团稀泥。

关于欢愉的记忆不是这样记录的，也不是这么读的。每个成年人在床上阅读欢愉记忆的时候，都会问很多问题：谁教给他怎么触摸的呢？谁告诉她应该这么做？是成人网站？他的前女友？她的前夫？在和一个有一定经验的成年人做爱时，你是在间接地和一群数不清的人做爱；如果对方对这个领域还有研究爱好，那你就是在模仿人类漫长的性经验史——虽然你很难搞清楚，你把手指放在嘴里这个动作模仿的是哪位先人。

当然，每个人都肯定会改写历史的，比如在你大喝一声"住手！我受够了！"的时候。你永远不会知道100年后哪位可怜的男人会为你这声大吼受罪。

新物种起源

2006-9-18

自打进入文明社会以来，我们总以为人类就不再进化了。于是我们转去观察别的生物，看人家细菌、熊猫或者抹香鲸怎么交配繁殖，适应环境。

其实，我们这个族群里面已经产生出全新物种了，不过我们没有意识到。

比如，100年前，没有女人认为自己能够航海和潜水，现在，女船长和女潜水员都出现了，虽然她们并没有多长出一个小脑，或者多长出两个腮。

男人这个物种也在不断进化，寻偶方式已经完全改变。网恋的出现，证明男人这种所谓被欲望主宰的人种也进化到会仅因对方的智慧和趣味（这二者和本能毫无关系）堕入情网——当然，那是指你没有和他网下约见之前。不过这也算是部分进化了。

在苏丝黄听到的零星故事里，似乎发现了一些小小的进化迹象，虽然不是常见的，更像是基因突变。

比如说电影《布拉格之恋》里面，和餐馆钢琴师一起分享女朋友的犹太餐馆老板——不过当然啦，这是虚构。

还有两个非虚构的故事，都发生在德国。

一个是德国人亚历山大的朋友凯的故事。凯是一个大公司的工程师，他有一个女朋友，和她生了两个孩子，住在一栋他贷了巨款建起来的房子里。众所周知，在德国，两个人有了孙子也不结婚也会被认为是正常的。但这里头又有点东西不正常：他们感情出了问题，他女朋友又有了一个男朋友。

凯是个正常的老实德国男人，他们接受的性教育非常合法，他们会在户内运动进入正题之前把自己累得半死（据杜蕾丝报告，德国人前戏的时间世界第一）；他们尊重女性差点到了害怕她们的地步。因此，当凯的女朋友向他公布实情并请求让自己的男友住进他们的房子时，他差点彻底被摧毁了。凯拒绝了这个请求，她指责他"心胸狭窄"——注意，是"指责"，不是骂。德国城市居民已经进化到不会破口大骂了。所以如果你当街吵架时看到面带惊吓表情的外国游客在旁观看，他们很可能来自德国。

"我该怎么办呢？"他问亚历山大，"我甚至不能跑掉，因为房子我欠了很多债！"

亚历山大同情地握握他的肩膀："你得再跟她谈谈。你是对的。怎么可能让那个人住到你的房子里来呢？"

亚历山大之所以这么说，是因为他采取的方法正好相反：他把妻子送出去。

他和前妻在很长一段时间里关系很紧张，但是他们很努力地互相在思想上"沟通"，大约有半年时间，亚历山大每周末把妻子送到酒吧去，友好地告别，祝她玩得愉快，再自己开车回家。

朋友们都认为他有毛病。

"我那么做纯粹是因为自私！"亚历山大说，"她跟我在一起那么痛苦，到后来简直难以忍受。我觉得那么做能让我们俩都高兴些！"

这样的男人应该是新物种了，比多长两条腿的婴儿还让人吃惊。因为他们的进化已经完全违背了物种繁衍的原则——比如像公牛那样用角把竞争对手甩出去——他们明摆着可以用粗暴的力量解决问题，但他们宁愿放弃不用。

《布达佩斯之恋》里面，犹太餐馆老板说："我相信，动物做动物的事，人和动物不一样。"在看到这些进化物种之后，你可能会相信电影里那两个男人并不是虚构出来的。

稳定的高潮

2010-4-14

可可姑娘年纪轻轻，鹅蛋脸，身上圆圆乎乎，有一种娇小霸道的性感。一般人初次看到，会以为是个美国中部城市来的小婊子，以搞碎男人的心为生，其实她是个名校博士，学的是农业管理，经常到穷国做一些帮助贫苦农民种省水抗虫抗旱的庄稼之类的活计，最擅搞碎的就是稻田里的虫子。

这么东奔西跑的，连个自己的固定住所也没有，男人更是。她受教育太高，农民们不敢高攀，原先的男朋友，因为离得太远，也慢慢变成了个生疏的电话号码，让她伤透了心。

时来运转，这个夏天，老板把她派到一个大城市里去做一段时间政府沟通工作。可可姑娘从农田里跳出来，两脚洗干净，直奔酒吧。因为不怕蚊虫叮咬，可穿低胸小黑裙，那晚上，整个酒吧的男人都不知道自己为什么晕头转向。

几个周末之后，她在工作中遇到一个英国男人李，本来只是谈工作，那天也不知道是不是可可姑娘的衬衣多开了一颗扣子，李忽然说了一句话："我知道这个条款很好，我老板也一定会同意，但是我想先不要同意，除非你答应跟我去喝酒。"其实他们都知道，这个文件上头都已经批了。

可可姑娘"哦"了一声，斜眼微笑道："那我得先问问我老板。"其实他们都知道，她才不会去问她老板。

这么着，俩人当晚就去喝了酒。可可姑娘在乡间待久了，非常渴望性生活，天天长跑 20 公里，还是晚上睡不着。乡下姑娘刚进城，忘掉了城里淑女约会的重要原则：第一次约会不要上床。不仅如此，她还忘记了，城里淑女不会总是先给对方发短信，她总是憋不住，如果对方一天没有回音，她就忍不住要发个短信问问。

但是她也很清楚，自己还不敢马上开始正式恋爱。前头那段关系留下的伤还没疗好呢，再说，李看起来是个很自恋的人，那种特怕承担责任的主儿。

所以，第三次约会，为了让对方不要担惊受怕临阵脱逃，也因为老实，她赶紧告诉人家："我现在不想要严肃的关系。"

李听着，快活地微笑，也没说啥。

俩人继续约会，烛光晚餐、床上早餐，越搞越像一对恋人。

惟一的问题是，李偶尔回国待一段时间的时候，他一个信儿也没有。可可姑娘觉得不爽，不过一想，自己说了不要谈恋爱的，也不好说什么。三个月过去，他们在一起还是很愉快，可可姑娘开始想："也许再谈一次恋爱也没什么。"

这天晚上，俩人还在一起吃饭，可可姑娘正想问李，一起去墨西哥度假怎么样，李忽然说："我在英国有一个约会的姑娘。"

可可姑娘手里的叉子抖了一下，说："哦？"

李又说："她是个适合结婚的料。"

可可姑娘说："是吗？"

那晚上，头半夜，俩人啥也没干成。后半夜又恢复了正常。

想想看吧，折磨可可姑娘的一千个问题里，最重要的问题是啥呢？

一，他到底拿我当什么？二奶吗？

二，我怎么着了，他会觉得我不是个结婚的料？

三，我还该不该见他呢？

如果一个聪明的姑娘，精神和经济都很独立，非常想要过性生活，但是又一时找不到真正发展长期关系的男人，只能找个替代品——这样的问题是会经常出现的。

就像《在云端》那部电影里的男人一样，习惯了很酷的生活，满天飞，不愿承诺，好不容易遇到个女的，跟他一模一样，俩人都很愉快。这节骨眼上，男的想进一步发展，却发现人家早就结婚了，自己不过是个乐子。有苦说不出啊，你一开始不就想要的这个吗。真是闷头一棍，还是自己打自己。

不过这种情况，如果两个人都人品地道、心智正常的话，倒不见得会是谁看不起谁。说到底，每个人都希望能有稳定的高潮，但是出于不同的原因，有的人在固定关系之外，才能找到稳定的高潮罢了，这种人好像还不少，男的女的区别不大。这一类在外头找食吃的主儿，最喜欢把外遇对象看成是不宜正经谈恋爱的料，这样，心理负担就小多了。 虽然事实上没啥区别：一对一男女稳定关系，很甜蜜，约会、上床、互相倾诉，惟一的区别是没说那个词儿。

一个独身的姑娘，不管在哪里，显然都得明白一个道理：有些名称，看起来无害，但是很像硫酸，要尽量避免沾上。 哪怕你真的一点儿也不想谈恋爱呢，也不要告诉对方，否则万一日后想谈恋爱了，却发现自己成了困在琥珀里头的虫子，琥珀上面刻着：不宜谈恋爱。 人的脑子就是这么长的，没啥道理可讲。

引　诱

2010-7-14

在遥远的 20 世纪 80 年代，情色文学的典型引诱场景是这样的：男人被邀请到旅馆里，或者女人的家里，推开虚掩的门，发现女人一丝不挂地坐在床上。

通常这种小说会使用一个今人已经弃用的词：胴体。各位注意了，看见这个词，你就知道这篇文章是个 40 岁以上、有点酸不啦叽的文艺中老年男人写的东西。据这些毫无经验的小说家想象，男人在这样的情况下，会顿时发狂，扑将上去，后面省去 500 字。

"多傻啊，真要这样，大多数男人肯定得吓跑！"罗兰说。她经历过那个年代，当时，偷看女厕所也要被刑事起诉，叫"流氓罪"，运气实在差的话，遇上严打，还要被枪毙。所以，一个意外出现的裸体女人，其效果跟一具意外出现的尸体等同。

就算是这个年代吧，情况也不比从前简单。

前阵子苏丝黄到上海出差，顺便体会下世博会的氛围。因为这场盛会，上海变成了一座"三无"城市：无飞机座位，无空房间，无空出租车——当然，这是比较夸张的说法。还好，苏丝黄有个荷兰朋友跟同事恰巧也到上海出差，他在网上订了一家小酒店。那家知道的人少，苏丝黄总算也在那里订上了房间。

晚上三人一起喝酒回来，苏丝黄去朋友房间拿礼物，因为次日一早她就要走。刚进门两分钟，电话铃大响，吓了他们一跳。

"一定是我同事，问我明早几点出门。"他说。

他拿起电话，听了半分钟，纳闷了一会儿，憋出半句中文："不是，她不住在我这儿……"

苏丝黄登时明白了。她哈哈大笑，夺过电话，快活地对另一端紧张的监视人大声说："我来他房间拿东西。放心吧，我不是鸡！"

有一句她忍住没说："他喜欢男的。"

拿上礼物，也不敢再聊天，赶紧出门。临走前不忘回头大声加一句："他们肯定在那儿笑话你呢，说这荷兰人真不持久！"

不管怎样，头一次被人当作性工作者，苏丝黄觉得还是要高兴一下，说明她还有性吸引力。

回到引诱。所以，社会环境对引诱的方式有决定性作用，即便假设社会环境没有那么严谨，引诱也是非常非常复杂的一件事。它涉及的因素十分复杂，如果不了解对方的性格、文化、心理经历、语言习惯……引诱就很可能惨败。越是努力，越是远离目标，再职业的引诱者也会失败。

意面就遇到过这样不讲理的。那是一两年前了，去西藏登山。他平时并不喜欢野地冒险，只是图个新鲜空气。朋友为了拉他同行，说那儿空气最新鲜，他就跟着去了。去到拉萨才发现，空气固然新鲜，但是也十分稀薄。脑袋几乎要爆炸，心脏像硬塞进胸腔的一个活物，至于胃，你就希望它不存在。

朋友长年登山，习惯了，自己活蹦乱跳地出门找乐子，留下两句话："好好休息，明天就好了。"

意面躺在那儿独自呻吟，腹谤这个把他骗到西藏来的兔崽子，几乎要跟个怨妇一样，心想男人都不是什么好东西。正在折磨和诅咒交替中，忽然觉得屋子爆炸了，吓得浑身冷汗，定神才发现是电话铃在响。说不定是朋友终于想起来要给自己带吃的了，他想，拿起电话哀怨地问："你回来了？"

对方娇俏笑嫣："你好，你认识我啊？"

意面问："你是谁？"

"我是提供按摩服务的，我的服务很专业……"

意面满腔怒火终于爆发："要不要专业服务死人啦？"然后就昏了过去。

有时候，无意识的引诱却能够意外地成功。比如苏丝黄在一个叫"一只长牙舞爪的虫子"博客上看到的故事：

某外国女人跟中国女朋友虫子说：我发现中国男人直接得可怕！

虫子问她怎么了。

答：我今天第一次跟一个中国男人约会，他就夸我屁股漂亮。

很久以后，虫子见到了这一对儿，已成为正式的男女朋友。虫子打趣那中国男人：你可真够牛的啊，第一次约会就夸人家屁股漂亮。

男人很老实地说：哪里！ 都怪我发音不标准！ 我明明想说的是 you have beautiful eyes! 结果她听成了 you have a beautiful ass!

看来，不管引诱水平高低，夸人总是没错的，总会让人高兴。 万一不小心夸错了，说不定还能喜出望外。

（二）

2010-7-29

"我要狩猎！！！"电话里传来小米的高呼，苏丝黄把手机从耳朵上拿开半尺。

小米是个拧巴的文艺女青年，在找精神伴侣的路上总是撞上不同的替代品，难能可贵的是，对替代品她也用上十足的劲儿。

前阵子在飞机上就遇到一个，当时他坐在小米旁边看着《环球时报》，看了一会儿就跟身边的同事开聊："这韩国也真贱，非把美国拉来黄海军演。 将来得先打韩国，再打台湾！"

有如身边坐了位总参谋长哦，小米哭笑不得，看了他一眼。

没想到正眼一看，跟对方的目光正撞上。 人长得还挺齐整的，干干净净，衣服也不是常见的那种县镇干部横条纹 Polo 衫，而是 20 世纪 60 年代风格的细彩条纹衬衣，看起来不仅常锻炼身体，而且今天早晨是洗过澡的。 他脸上的每根毛在嘶喊："瞧我有多出色！"

明摆着是个鸟人（就是深爱自己并且只爱自己的人），但是小米这种没有坚定政治立场、又长期"缺觉"的女人，这会儿觉得有必要降低标准。

她紧张得要死，不由自主地露出失魂落魄的表情（其实这正是她的常态，所以不费太大工夫）。 她开始暗地里计算，还有两个小时航程，她惟一搭讪的机会是在晚饭时间，可是说什么好呢说什么好呢？

煎熬半小时之后（期间包括她上洗手间补妆两次，假装把书掉到地上一次，站起来取包里东西一次，站起来把包里东西放回去一次），晚餐终于送来了，可是没轮到小米伸手帮忙，空姐直接就把餐盒递给了鸟人。

最后一次良机丧失了！ 小米慌乱地看着对方打开饭盒，里面是跟她一样的牛肉饭，她看着他吃了一口，脱口而出："这牛肉味道好吗？"

……

惨败回府，跟苏丝黄倾诉，苏丝黄不解："不就是一个洗过澡的鸟人吗。"可小米心痛地高呼："可是他的侧面好好看！"

在勾引人方面，小米常犯的毛病，除了瞎紧张，患得患失之外，还有一种不会掩饰自己的毛病。 在主动跟人搭讪的时候，眼神直勾勾，话也跟通炉条似的："你在哪儿工作？ 你做什么？

啊? 这个工作好有趣!"问对方要名片的时候,也死盯着人家。在男权社会里这显然行不通。

不过,什么行得通呢? 小米尝试过各种各样的方法:斜眼看人,但微笑而不语,附和或者挑战对方的话,好像没有哪个特别行得通。

然后才看到《金融时报》那个"亲爱的经济学家"问答专栏里,有一个自鸣得意的鸟人问经济学家,他在网络交友网站上看到好多女人写了满篇的废话,时不时地插两句"我喜欢看戏剧和逛博物馆"或"我想找个有创造力的男人"之类的声明,令他十分不解。 他问:"难道这些女人没意识到,大多数男人只是扫两眼她们的相片,然后就与看中的女人联系吗?"

过了两周,小米在饭局上又认识了另一个云南鸟人。 该鸟人非常非常有钱,年纪比小米大一轮半,话说了没几句,就很直接地对小米说:"过阵子我们山上办地方音乐节,请你到我们那里玩吧。"

小米当然就去了,鸟人开着宝马把小米直接接到了有温泉的山上,请她吃了顿保护动物大餐,领她去了酒吧,拿出根雪茄,点着之后抱住她肩膀,说:"你看看,咱们多有缘分呐。"

小米心想,咦? 我话都没说几句,你怎么就谈到缘分了呢?

为了让缘分显得更自然一些,她绞尽脑汁说了一句:"是啊,我一直很喜欢云南这个地方。 早先看电影……"

话没说完,鸟人俯身下来,给她灌了一嘴烟。

小米万分感慨,终于明白了一个道理:在鸟人的世界里,他只是扫两眼你的样子，就决定了是不是要跟你接触，他才没有工夫跟你瞎扯什么内心世界。一个渴望被理解的文艺女青年，一定要明辨鸟人与非鸟人的区别，以免白费工夫。

（三）

2010-8-8

从前，有个外国小官员萨缪尔。

和所有小官员一样，萨缪尔结婚了，和所有小官员一样，他总是受到不同女人的诱惑，有时他屈从，有时他拒绝。总的来说，他良心甚安，觉得自己是个有弱点的好人。

某一年的夏天，他不再敢这么确定了。

都是因为一个叫泽塔的实习生——实习生这个称呼，从莱温斯基那时开始变得很色情，其实早在莱温斯基之前，实习生就一直是一个官僚机构里情色想象的主要来源。你想想，同事之间知根知底，难以产生神秘的激情，而且大家都要职在身，不想丢掉工作，产生了绯闻纠缠，换个位置就把原先的事业给毁了。实习生不同，他们（主要是她们）只待一小段时间，他们面孔和身体都很新鲜，又没有成见，对小官员们心怀仰慕——而仰慕，众所周知，跟性吸引很接近。

所以，大家都很喜欢实习生，每年来来去去的实习生，默默发生了多少缠绵故事和绯闻丑闻。在机构里待久了，都会对实习生产生一种居高临下的好感，并且会产生抵抗力，知道怎么轻松对付他们以及怎样自觉不自觉地勾引。

但是谁也没见过泽塔这样的实习生。泽塔身高 1 米 75，深黑大眼，头发永远无比的长，裙子永远无比的短，鞋跟永远无比的高，上衣开胸永远无比的低。跟所有其他假正经的实习生不一样，她从来不试图掩藏一个事实：她就是来这儿挑逗男人的。

我的天，那些日子里整个机构就像沸腾的鱼塘，所有人都在冒泡。泽塔今天穿了什么？泽塔今天怎么没来？男人们笑着交换信息，互相打趣。

遭受打趣最多的，是萨缪尔，因为他是泽塔的老板。

"别开玩笑了，"萨缪尔对一个取笑他的男同事说，"沦为她的猎物？多老套的想法！我有更好的安排。"

他确实有更好的安排，部门里太沉闷了，难得有个宠物。开预算会的时候，他会故意挥挥手，让泽塔从最后一排哒哒走过来，对她耳语几句（此时她俯身，长发及地，沟壑毕现），她听完指示，又哒哒地走出门外，过了 5 分钟，再哒哒地把打印好的文件拿来，给每个人发一份。男同事们衷心感慨，预算会从来没有这么令人激动过。

还有一次，大头儿来了，那天看着就是心情不好，因为一项工作完成不善，被更大的头儿批评了一顿。萨缪尔觉得山雨欲来，对泽塔耳语一番，泽塔就在晚餐会上，给大头儿递了张纸条："我非常仰慕您，我可以给您一个吻吗？"大头儿顿时像个点燃的煤球一样亮了起来，一把拉过泽塔，唱起了民族歌曲。

夏天过去，萨缪尔与泽塔之间达成了前所未有的深厚默契，他让泽塔干啥，泽塔就干啥。萨缪尔的自制力已经快到头了，他暗忖，这样的关系就像高速公路上飞奔的车，谁都知道它肯定会跑到什么地方去。可是，是什么时候呢？

泽塔却似乎正在发愁什么事情。

"老板，"这天早晨，她忧愁地把手放在办公桌上，"我需要帮助。"

她的毕业论文……是的，如果萨缪尔能帮她修改毕业论文，她保证在自己家里给他做一顿很好吃的炖菜，萨缪尔一定会爱死她妈妈教她做的炖菜，她保证！

萨缪尔可怜的心！他觉得自己就要晕过去了。对他来说，泽塔就是一大块悬在身边的巧克力，他一直闻着让人发狂的香味，却没法舔一下。现在，眼看自己就要下嘴狂啃，他怎么能不心慌意乱？

他连夜加班，把泽塔糟糕的毕业论文改完了，事实上，是重写完了。他一面重写论文，一面悲喜交加：话说金发美女没有脑子，黑发美女也一样，也许到底还是跟胸的大小有关系……你得承认，性交易得到的东西真是无所不有，从古代的贝壳，到今天的论文。用性来交换男人的脑力，是不是就是所谓"神交"？

不管怎样，论文写完了，得了 A，泽塔却几乎忘了炖菜的事儿。萨缪尔不得不提醒了她好几次，这个月哪个周末都行，他都有空！庆祝她论文得 A!

泽塔嫣然一笑："那就第二周周末。"

萨缪尔是抱着大瓶 Moet 香槟去的，他想了很多热场话，但又觉得没必要：还有什么比直奔主题更好的？泽塔这样的尤物，一定最喜欢被短时间武力征服。

门开了，萨缪尔站在那里，浑身就像被一场烈火烧成了灰。泽塔抱着一个老女人的肩膀微笑着对他说："我妈妈怕我做的炖菜不好，特意过来做给你吃，多好啊！"

这就是关于引诱的故事，它有时惨痛万分，不过谁说人生不是这样有一出没一出的呢？哪怕你自以为早经过百炼千锤……

傲　　慢

2010-9-6

每个城市都有自己的傲慢。

苏丝黄比较熟悉的是北京人的傲慢，常在本地老牌出租车司机、售票员和胡同爷们儿身上看到，眼光下斜，鼻音说话，开口就是国家领导人的家长里短，中东局势，让外地人觉得自己微如蚁尘，掏钱买张票的动作都那么卑微，简直应该"砰砰"叩俩头。如果有北京本地朋友，他们也会偶尔流露这种"欢迎到我家皇宫来"的态度，但是他们一定会请你吃大餐，一定会买单，所以外地人也就忍了。

上海的傲慢，表面却是十分友好的。如果能通过上海人的第一道考验，也就是目测一下你穿着打扮是否得体，第二道考验通常是以十分真诚的态度问的问题："你住哪儿？"苏丝黄遇到过一个上海女性，据她说，她和她的朋友，如果听说一个人住在闵行区，就会立即觉得这样的人没法交朋友。"晚上喝酒都没法叫出来，住得太偏了吗。"这个女性还经常告诉别人她去欧洲旅行的时候住在贵族朋友的城堡里，然后问你住哪家酒店，再然后，她还很少买单。很少有外地人能赢得这样赤裸裸的战争。

广州人的傲慢，其实更为彻底，因为它不是炫耀式的，而是排他式的。如果一个广州人发现了另一个广州人的存在，他们会立即开始用广东话热烈地交谈，完全不在乎在场的其他人听不听得懂。其实他们聊的也无非是哪里哪里的哪道菜最好吃，但是这个话题似乎可以永无止境地谈下去，直到世界末日——如果2012大灾难真的到来，在广州街头，你也许会看见外地人在洪水、太阳辐射和地震中纷纷倒地，尸横遍野，而那两个广州人还站在楼顶，激烈地讨论到底哪家餐馆的白切鸡最正宗。

杭州和成都人的傲慢，则是所有傲慢中最好的一种，因为它虽然是炫耀式的，却有温和的共享精神。一个是人间天堂，一个是天府之国，总之都不认为自己属于人间。是以如此，那里盛产天使，但凡有访客到达天堂，总会有当地天使全程陪同——哪怕他们忙得脚不沾地，也会表现出悠闲万分，一直在期盼你到来的样子。他们会领你去最好的餐馆，中途离席私下把账结了，让大家都很有面子。但是，从见面到离开的所有对话中，每隔五分钟，你就会听到他们说："杭州／成都好吧？吃的玩儿的都好，搬到这儿来吧。"他们不像北京上海人一样，介意外地人的涌入，但是这种认为外地人一定会嫉妒艳羡他们的自信心，却也十分独特。苏丝黄记得两年前去成都，在机场收费站出口处只有两辆车，共花了五分钟缴费出关。没有一个人着急：收费员不急，司机也不急。这才是天堂的特征——都到了天堂了，还急个啥。

正胡思乱想中，忽然 Gtalk 上面一个美国朋友鲍勃跳出来问："焯辉还在北京吗？"鲍勃和他妻子罗斯是苏丝黄和焯辉的共同朋友。

苏丝黄答："走了。"

"哦，那你们下回什么时候见面？"

苏丝黄答："圣诞节。"

"你怎么能忍受这么长时间没有性生活？"鲍勃问。

苏丝黄翻白眼。这种人，逮着机会就要炫耀自己有多么美好活跃的性生活，也不管别人爱不爱听。

"我不能，但是我有手。"苏丝黄答。她在另一个 Gtalk 窗口里对焯辉说："鲍勃又在炫耀他的性生活。"

鲍勃说："那不是一回事。"

焯辉说："那是因为他刚结婚。"

苏丝黄答鲍勃："信不信由你，好多人就能这么活。"

鲍勃说："不行，每个人都应该有自己的性玩具。"

苏丝黄把这话转给焯辉，焯辉说："他改行做推销了吗？"

鲍勃说："我刚才和罗斯说了这事儿，我们决定送给你一个。"

然后他发来一个亚马逊网站链接，苏丝黄打开一看，一灰色物件，看上去一半像电动牙刷，一半像小型吸尘器。这难道是给机器人用的吗？售价 39 美金。

苏丝黄把链接发给焯辉，焯辉说："告诉他，这玩意儿太丑了。"

"样子不重要！"鲍勃回答，"下回我们去北京的时候带给你，争取在圣诞节之前。"

然后他就飞快地告别，下线了。

苏丝黄叹了口气。有稳定、安全和美好的性生活的人对缺乏此类性生活的人的傲慢，大约是所有傲慢中最让人难以忍受的一种了。但是，除了忍着，你还能怎么着呢？

做 功 课

2010-9-25

有一部 20 世纪 80 年代老电影《天使在人间》，如今看来很有先见之明：一只天使在天上飞啊飞，正忙着，忽然"吱"的一声，撞上个人造卫星，坠落在一个男人后院的游泳池，男人把她捞出来，天使顿生情愫，上去给了他一个吻，吻罢深情凝视，发现男人已经……打起了呼噜。

自从北京变成一个空气像水泥、开车比走路慢、房价上升比磁悬浮快的城市以来，很多北京女人的性生活就跟这个天使的故事差不太多。她们奔波于赚钱，乘坐各类缓慢的交通工具上下班，随时可能被这样那样的东西撞晕，等她们回家后清醒过来，她们同样奔波了一天的男人们早就睡着了。

芳芳说："好像好久没有一起醒着了。"

芳芳的典型生活模式是，早上起来上班，下班晚的男人（他叫意面）还在睡觉，下班回家，男人因为工作半夜才回来，回来

的时候芳芳已经体力不支先睡。 意面是开意大利餐馆的，芳芳是宠物医院的医生，俩人周末常加班。 刚开始约会的时候他们俩还每周彻夜长谈，后来最多的交流是在电话里，白天夜晚的摸到床上，觉得有个人，这个人顶多咕噜一两声。 所以大多数时候，是个"咕噜伴侣"。

眼看着，户内运动就像内蒙古的草原，越来越稀疏，荒漠就要逼近北京城。

"要是有一天想要孩子，我们俩可能得提前一年预约。"芳芳说。

但是21世纪了，户内运动的目的恐怕主要不是生孩子。 这样过几年，不等孩子来，爹妈可能已经散伙。

"你现在有啥反应？"苏丝黄小心翼翼地问。 意面好歹是她老朋友，这事儿不关心不行，关心过度也不行。

"心烦，脾气有点不好。"芳芳虽是个宠物医生，到底也是个医生，她说自己烦的时候，表情很镇静，你还以为她在说昨天看病的那只狗。 昨天那只狗因为叫得太响，被芳芳打了一巴掌屁股，这个举动很不职业，她现在还在懊悔。

所以不要相信那些"女医生都是性冷淡"的胡说八道，她们只是表达方式不同罢了。

"有些时候，看着他睡觉我就生气！"芳芳说。

苏丝黄说："我有朋友，结婚十年了，运动规律还蛮好。 她说，这跟维持婚姻一样，是功课，要做功课。"

大致意思是，男人"你脱衣，我就致敬"的能力一般不会长久维持。 如果你脱衣，而我不致敬，不是因为我不爱你，而是因为咱俩功课做得不够。

事关乐趣，只能引诱。 苏丝黄见过反家庭暴力的宣传手册，现在对家庭暴力的定义比较广，长时间拒绝过性生活也是一种暴力——定义上是没错的，但是除非你打算跟对方分手，否则最好不要这么说，因为这么一说，这男人肯定以后就没法向你致敬了。 他越是害怕不能向你致敬，就越没法致敬，和邯郸学步差不多。

芳芳幽怨道："我也爱看 A 片的。"苏丝黄见过芳芳的衣柜，看一个女人的衣柜，就知道她对性的态度。 芳芳的衣橱里，有的是"维多利亚的秘密"。

"这事儿我还不能跟别人说，"芳芳盯着自己的指甲，"我跟我妈提了一嘴，我妈就逮着机会教训我：意面对你多好啊！ 你说这些干啥？ 快别说了。"

心理上 21 世纪的人跟心理上 19 世纪的人没法谈，再说这事儿怎么能跟妈妈谈呢。

怎么办？ 苏丝黄认真地想了想，又问："你看的是哪种 A 片？"

芳芳说："日本的。"

苏丝黄说："那你试着看看美国的。"因为日本的通常男人比较辛苦，负责的环节比较多，不太适合劳累的男性，美国的就多样化一点，女人也会负责主要工作。 英国喜剧电视连续剧《冤家对对碰》里面有过这样的一段男人的抱怨，也许不太离谱：实在很难知道女人的感觉——我这么做对吗？ 她是在翻身还是在枕头上偷偷擦掉我的口水？ 我的左右工作是否均匀对称？均匀对称是好方法吗？ 于是你忙得晕头转向，然后还得保持致敬。 男人本来就不善于同时从事几项工作，要是他头脑简单不太在乎对方感受倒好，但是如果他过于体贴，户内运动就是一项全能运动，需要鼓很长时间的勇气来做。

芳芳问："那为什么功课要我来做呢？"

"哈！ 终于说到关键问题了。"苏丝黄大笑，"谁让你是心烦的那个呢？"

[再见苏丝黄] 他们男人

没完没了

2003-11-18

49 岁的婴儿产品公司 CFO 史蒂夫、32 岁的股票咨询专家彼得、26 岁的记者李延坐在一家非常势利的酒吧里聊天，苏丝黄也在。 窗外是高大的城门和清冷的秃树。

"你说什么？ 势利？ snobbish？ "史蒂夫说，"在欧洲我们形容这种酒吧，用的是堕落这个词，decadent。 "

苏丝黄随口就问："会比别的酒吧容易堕落吗？ "

"才不， "矮胖的彼得恼火地说，"没有姑娘会单独去那么贵的地方。 "羞涩的彼得在本国极易受挫，他提供的情报并不都很准确。

李延张着惘然大眼，属于那种常见的正派迂腐却努力适应开放社会的年轻人。 出于对外国友人怜悯般的宽容，他试图加入这场谈话："你看，在中国我们有。 "

他指的是靠窗独坐的一个长发姑娘，她似乎正在看窗外，但是不知为什么平均每 15 秒钟就会拂一下头发。

史蒂夫和彼得狐疑地打量她片刻。他们在中国日久，这样的情景引起的已经不是怦然心动，而是警惕。"她有毛病。"阅历丰富的史蒂夫说，"我一眼就能看出来。"

苏丝黄叹气，这是大城市综合征，每个人都觉得另一个人有点怪异，或者有什么可疑居心。但是李延对此浑然不觉，他非常好奇："你从哪里看出来？"

史蒂夫本想故弄玄虚，但是他忽然管不住自己的嘴："她很像我的前任女朋友。"事实是，他的前任女朋友没有任何毛病，惟一的毛病是想和他结婚，但是在得知他没有这个心思后，她迅速把他踹了。

"你也是？"彼得惊喜道。

自从彼得来到中国，他知道了什么叫如鱼得水，但是他经常遇到一个问题。

"她们都夸我的物理长度和时间长度。"彼得说，"刚开始我觉得很好，慢慢地就开始焦虑，因为我知道自己哪点都不长，她们都在骗我。"

苏丝黄无限同情地看着他，她的电脑里有世界各地的相关数据，这些姑娘未必在骗他："真的吗？你有没有比较过？"

李延对谈话进展的迅速程度非常不适，但是他努力让自己相信，这是一场文化交流，在大量的垃圾之后必然有可以收获的东西。

史蒂夫对彼得说："你不能总拿自己和加州州长比。"

史蒂夫有自己的痛苦经历。他曾经有过一个女朋友，因为他总是不能维持很长时间，所以她离开了他。后来他来到中国，学习道教理论和气功知识，学会了控制自己。他是个非常聪明勤奋的学生，问题在于他学得太好了，学过了头。

"你是说，没完没了？"苏丝黄问。

"永远没完没了。"史蒂夫说。

李延起身去看酒吧里挂的画。

"那不是也很好？"苏丝黄想了想，问道。

"假如你每天跑一次马拉松，你就会没有力气工作。"史蒂夫说。

"你可以短跑。"苏丝黄说。

"我忘记了终点在哪里。"史蒂夫说。

"这样的情况我还是第一次听说。"苏丝黄说。如果气功和道教那么有用，为什么还有那么多补药广告？

"我听朋友说过类似情况。"彼得说，"我的一个女同学有一次说起她的前男友：'他老是没完没了，最后我烦透了，就把他甩了。'"

史蒂夫登时脸色煞白。

苏丝黄无限同情地看着这两个男人，这时李延归座，神色烦躁。他们短聊片刻就散伙了。

晚上，苏丝黄打电话给闪闪："你说，女人到底喜不喜欢没完没了？"

闪闪刚刚为做晚报特刊连熬了三夜，她虚弱地回答："家庭妇女大概喜欢，或者是职业妇女度长假的时候。"

"我在想，为什么男人要为这些东西焦虑？"苏丝黄问，"我们在一起却讨论感情？"

"也许我们正在进入这样的时代：可以安全衡量的只有尺寸和时间。"闪闪说，"他们不想谈论情诗，那比床上马拉松还费劲。"

"你喜欢情诗？"苏丝黄问。

"我想起一个北大校园诗人的诗：你要抒情你便抒情，我肚子饿了我要吃大饼。他们要焦虑他们就焦虑，我累得要死我要睡觉。"

说完，闪闪挂上电话，带着纯净的心睡觉去了。

白 日 梦

2005-3-9

苏丝黄的朋友闪闪最近被一家公司邀请，去了趟智利。

随着中国的经济高速发展，很多媒体人士都偶尔经历了一些外国公司的腐败邀请，比如去巴塞罗那看汽车设计，去巴黎看法国时尚工业，等等。但是这回闪闪经历的腐败真是彻底。

主人是智利一家富户，五万平方公里的土地上，只住着他一家人。热情的招待从餐桌延伸到游泳池，从池子里上来，还有对中国女人满怀爱意的仆人送来玫瑰花和热吻——闪闪发现，在南美洲，和男人完成第二个面吻之后就得赶紧撤退，要不然就会顺理成章地陷入从法式深吻到做爱的全部流程。

这是她见过的完成性行为环节最少的国家——当然，她也没去过什么国家，从东亚跳到南美，反差未免太大。要是这样的效率也存在于该国所有的政府部门和公司，这个国家岂不是要称霸世界。

最让闪闪震惊的经历发生在到达后的第二夜，午夜时分，主人兴致勃勃地开车把大家拉到城里泡酒吧。乍一进门，就看到一群人兴高采烈地围在一起。闪闪问酒吧招待："他们在干什么？"

"他们在量那个东西。"招待说。他比划了一下"那个东西"。

原来是一群男人在一起量各自器具的长度。

闪闪一时不知自己是进了动物园，还是进了幼儿园。

"所有的人都会跳舞，好像浑身都是关节。"闪闪说，"男人们跳舞的时候，一高兴就脱裤子！"

"幼儿园。"苏丝黄说。

然后就有点麻烦了，因为后来热情的主人就半夜来敲房门，要求陪宿。

闪闪对他兴趣不大，加上怕同来的同胞说闲话，就推说自己已经结婚了。

"没关系，"他说，"我也结婚了，这很公平。"

她不开，他就坐在门外，和她聊天，聊了两个小时。

第二天，还聊，还是两个小时。

闪闪受宠若惊，还感到非常不解："哪来那些精力？"

苏丝黄说："我以前在香港遇到过两个智利人，晚上泡吧总是泡到凌晨四五点，和酒吧招待一起关门。"

闪闪解释，因为智利的食物很难吃，所以她的精力不济，平时她也是经常做版做到凌晨四五点的。"要是天天谈情说爱到凌晨四五点多好！"她叹了口气。

这个国家真像她在办公室里天天做的白日梦：花绝大部分时间唱歌，跳舞，做爱，吃饭，玩，花一小点时间工作。

"那你为什么守身如玉？"苏丝黄问。

"因为不好意思呀！"闪闪非常可爱，从来不和朋友说不必要的谎，"被同去的人发现了怎么办？"

苏丝黄敲敲杯子，心想，一不小心，就成人了，虽然自己还觉得是个孩子。天天向往着幼儿园，终归是回不去的。话说回来，如果还是个孩子，做什么白日梦呢？肯定不只是跳舞做爱。那么多被挫败了的梦想，只剩下这一个好意思说出口来讨论讨论。想到这里，不禁有点和春意无关的感伤。

薇　薇

2004-2-15

薇薇很想做新娘。

薇薇已经 29 岁了。

这在中国是个很大的问题，不管你是否看上去非常年轻漂亮、独立、诚实勤劳。 你快 30 了，"30 岁的女人没有竞争力。"薇薇被一个不知道她年龄的男朋友告知。 她忽然发现，她自己挣来的漂亮车子房子，看上去 23 岁一样的漂亮脸蛋和身材都不如一个数字管用。 她几乎手无寸铁，但是，从来不畏挑战的她仍然决定进入婚姻角斗场——像完成年度广告任务一样，她今年的年度计划是结婚和怀孕。 毕竟，过了 30 就不好生孩子了。 薇薇一直是个提前完成计划的人，她绝不能容忍自己生活的任何部分落后于一个正常而健康的计划。

当薇薇被介绍给一个跨国公司的小经理大仲时，她没有告诉他自己的年龄。

吃了几次饭之后，大仲邀请薇薇去他的住处。此时，薇薇已经把他当成目标对象了。

　　到了家，大仲拿出一双带雏菊的女式拖鞋给她换。

　　"这拖鞋是谁的呀？"薇薇心里微微一落，故作天真地问道。

　　"房东的。"大仲说，转身去倒茶。

　　"呦，那墙上还挂着女式睡衣呢。那是谁的呀？"薇薇的天真状横溢。

　　大仲忽然眼珠子左右转动，想了想说："也是房东的。"

　　"啊……"薇薇微笑道，"那下回我来的时候，你能把房东的东西收起来吗？"

　　"好吧。"大仲似乎很无所谓。

　　下回再去大仲家，睡衣没了，拖鞋还在。

　　本性憨实的薇薇这回使了个心眼儿（天知道她在女性杂志和情感顾问那里花了多长时间，记住那些层出不穷的技巧），她漫不经心地问："头发乱了，有皮筋儿吗？"

　　大仲立即拿出了一个大红皮筋。"房东的。"他解释道。

　　但是这一回，大仲对薇薇表现出极度的信任——他给她倒了杯茶，自己出门去体育馆打球去了，一去就是两个小时。

　　薇薇坐在安静的屋里，一只小猫在心里爬。还会有什么她没见过的东西呢？她的目光落在缄默的大衣柜上。她忍了又忍，终于起身去开那个发出沉默呐喊的棕色滑门。

　　门卡住了，薇薇稍稍使劲，但是门纹丝不动。

像蔑视堂吉诃德的大风车一样，柜门似乎发出拖长的笑声。但是柜门错了，它面对的是一个 21 世纪受过高等教育、勇敢无畏的成功女性，薇薇的决心使她在瞬间变得无比强壮，她闭气狠心一拉——"咣咣咣"，柜门倒下了。

薇薇登时两腿发软，从没有任何一本指南告诉她，如果你把目标对象的柜门拉倒了该怎么办。 大仲随时可能回来。

不过，幸运儿薇薇这回仍然保留了她的运气，很少锻炼身体的她不知是用什么力气把柜门左推右拽地勉强装回原处的。 不过这一回，柜门是怎么也开不了了。

令人钦佩的是，在两腿发软手忙脚乱之际，薇薇还没有忘记迅速搜寻一下大衣柜——没有皮鞭、镂空内衣、羽毛文胸、卫生巾，什么也没有，这是一个很正常、很沉闷的男性衣柜。 她心里还来得及高兴了一下。

大仲回来后，他们一起出去吃了晚饭，然后告别。 大仲后来也没有提起过衣柜的事，薇薇像一个冲得太猛的前锋，在憋足气冲锋一阵之后，忽然发现自己已经穿越敌群，来到了空荡荡的后方。

还要不要杀回去继续拼搏呢？

动物世界

2005-3-9

闪闪在 Google 新闻上看到一条关于章鱼用两条腿走路的新闻，很乐。 人类多么自大，觉得用两条腿走路真了不起，所以不管是狗、马、大象还是章鱼，只要偶尔这样表现一下，就可以上电视新闻。

"换个角度想，"苏丝黄道，"动物也可能对人类做爱的方式之单调感到可笑呢。"

"嗯！"闪闪说。 她看了很多关于动物性交的书和报道，觉得并没有多大启发。 虽然很激发幻想——要是人也长有八只手有多好……

"爱因斯坦说，那些得意洋洋在军乐声中列队前进的人，不需要大脑，只要一根脊椎就够了。"闪闪说，"我觉得，那些得意洋洋在床上自顾自前进的人，大概可以叫做腔肠类动物。"腔肠类动物指的是只对外界的一种刺激起反应，而且只起一种反应的低级生物。

苏丝黄想起来，她有个女性朋友，第一次和暗恋多年的对象做爱时就遭遇惨败，因为对方对自己的表现满意得不得了，每做一个动作都会夸自己，连自己的手指都夸个不停。苏丝黄的朋友最后伤心地明白：这个男人只需要夸自己就能够达到高潮，别的刺激、包括她的存在，对他都毫无意义。

"也有看上去比较高等、但是级别差不多的生物，"闪闪说。

那是闪闪前天在一本时尚杂志上看到的一篇采访，一个满脸黄油的董事长说："我夫人就是我财产的一部分。"这个董事长娶了一个偏远地区的"黄花闺女"，"纯得连她爸爸都没抱过她"。然后，他非常高兴地说，他可以把各种外面学来的技艺在夫人身上试验，感觉是很爽啦。

闪闪仿佛看到道道黄油从董事长脸上渗出字里行间，赶紧把它扔掉，冲到厕所狠狠洗手，感觉像不小心摸到一只屎壳郎。

"搞不懂这些杂志的编辑都是干什么吃的，全中国文化糟粕中的垢腻都堆在那篇报道里头！"闪闪自己是个晚报社会新闻编辑，但是面对这样的文化产品，依然觉得匪夷所思。难道他们不明白，如果有钱买宽敞房子的话，穷人不会一家五口挤 50 平方米；除非受到蛊惑、威胁和大难临头，大多数人不希望主动去打仗；人不希望绝对平等，而希望证明自己的独特性；如果有更好的选择，没有人喜欢被当成另一个人的器物来对待。不承认这些道理的社会将来都会垮掉或者正在垮掉，更糟糕的是，有时它们拖着别人一起垮掉。

　　看到第二种腔肠类动物，闪闪就开始忧心中国的未来："万一他生出很多的小腔肠类动物呢？ 我们岂不是要回到奴隶社会？"

　　苏丝黄看着气昏了头的闪闪，提了个建设性意见："不如你辞职去学个学位，开个有性教育课程的幼儿园。"性文化要从娃娃抓起，如果不抓，我们的文明可能会完蛋。 从这个角度看，即便当个性专栏作家，也是意义重大的事啊。

窗 口 期

2005-3-17

　　孟苏和丁丁的关系维持了五年，一年前还是断了。就在上个月，她参加了丁丁的婚礼，婚礼上拿白葡萄酒当开水喝，回家倒头大睡了两天。

　　"为什么不是我？"她向苏丝黄问这个很多女人都会问的问题。

　　新娘是个20出头的小姑娘，说话甜蜜而陈腐，但是客人们说黄色笑话的时候，她就会面无表情。孟苏心想，丁丁到底是喜欢没有性要求的女人。

　　丁丁和孟苏之间的户内运动老是小心翼翼，孟苏只要稍微主动一下，丁丁就会出现各种奇怪的症状：扭到脖子、腰疼、手臂麻……要害部位是基本不让碰的，碰到就会受伤，说是皮太薄，擦伤了。五年的运动，虽然每次摩擦时间都很短，但是毕竟是五年，滴水尚能穿石，而那个皮薄的东西没有丝毫增厚的意思，更不要说长茧。

苏丝黄乐不可支："没听说过那里会长茧的！"

最后孟苏索性练起了瑜伽，也不敢做什么表示了，两人运动的频率越来越低，每次运动的质量也当然日渐下降。

分手之前，两人已经有一年彼此无涉。谁知道他那么快就结婚了。

彼此无涉之后，原先思想上的默契忽然消失不见，曾经无话不谈的密友变成了彻底的陌生人，对方说什么都觉得讨厌，或者至少是奇怪。原先两人都喜欢的乐队，忽然变成了"你的那个烂乐队"。刻意不去读对方喜欢的书——孟苏忽然"重新"发现了自己对科幻小说的爱好。"到头来，我们的心灵是由肉体决定的。"

"嗯……"苏丝黄说，"我有个朋友是做社会学研究的，课余时间自己做了个研究，发现男人结婚有个规律，叫窗口期。"

和很多年轻女人不同的是，很多年轻男人不能同时做好几件事：比如，事业兼及恋爱，更不要说家庭。所以很多男人先是顾及事业，到了 30 到 36 岁的时候，事业有了平台，忽然觉得应该找个伴侣，于是在这段时间内忽然将注意力转向寻找伴侣的工作，进入"窗口期"，这段时间里，男人通常会娶他们爱上的第一个女人。

也就是说，对那些选择范围比较广的男人来说，结婚的尺度不是女朋友好到什么程度，重要的是他是否到达窗口期。

"那皮薄和扭脚筋的问题也会在窗口期消失掉？"孟苏不可

置信地问。

这就是窗口期和发情期的不同，户内运动和谐与否是不重要的，要紧的是结婚。很多大学刚毕业，还处于"毕业综合征"之中的女生就是这样嫁出去的。等她们成熟起来有所要求的时候，往往发现自己惶然中抓住的是异类动物。

"你应该庆幸才是。"苏丝黄说，"至少你不必再在床头备跌打红花油——我总觉得家里的床和医院的床应当有所区别。"

孟苏一笑，道理她都明白，但是从朋友那里听来毕竟更有说服力。她抱抱苏丝黄，高兴地回办公室上班去了。

骗 非 骗

2005-9-2

　　"我必须对你说。"午夜，温盯着孟苏的脸，窘迫异常。

　　孟苏的汗毛立即根根直竖。这又是什么忏悔道白？这段007式的跨国恋爱好不容易进入稳定时期，温正和在英国的妻子协议离婚，决定到中国定居，房子已经找好了，家具正在运进来，难道他又要回头去重温鸳梦？还是他另有新欢？

　　温仿佛舌头被捆住，头低着："我，我从认识你开始就一直在吃药。"

　　孟苏一下傻了。

　　他？吃药？吃什么药？他怎么会吃药？脑子里流过各种毒品的名称，怎么会呢？他那么健康、老实、对生活没有一点非分需求的人？

　　"不是春药，"温连忙辩解，"是舒缓的药。"

　　孟苏松了一口气。

温告诉她，一般此类药控制两种机制：一种是帮助立起来，一种是制止倒下去。他用的是后一种，就是制止大脑对身体发出否定信号——对一个性格羞涩的男人来说，这种及时制止是很重要的。"我想你知道，和你在一起感觉那么好，我不需要药物刺激，但是需要克服不安全感。"

温的婚姻从一开始就没有性福生活，妻子极度紧张。日久天长，他原本健康的机制变得非常脆弱。后来，温在菲力普·罗斯的小说《人的污点》里头看到一个大学教授描述这种药物的好处，很有说服力，他马上跑到医生那里要了一副。那时候，他已经分居，完全靠自己解决问题了，但是还是备着，就像随时准备应征的士兵给自己买好盔甲。

盔甲备了一年，孟苏才出现。先是在几次公务会议上见过，印象很深。后来两人在一个度假村偶遇，完全没有防备，都觉得是天命。

"什么？"孟苏想了想，忽然尖叫。她一直以为第一次是她占主动，当时几乎和温比赛，看谁更不好意思，后来温赢了。他羞涩得像个17岁少年，不知所措，束手就擒。

一直都以为自己诱骗了一个良家主男，谁知道那天还没邀他共度晚餐，他就已经披盔戴甲，装备完全。孟苏大笑："早知如此，我何必那么紧张。"

现在回想起来，他表现非常非常的好，好得令她惊讶。惊讶了两年。

笑完了，孟苏问自己："这是不是欺骗呢？"

如果用的是刺激性药物，是不是也是欺骗呢？ 就像隆胸隆鼻手术一样？

凌晨，她跑到洗手间，偷偷给苏丝黄打电话。 苏丝黄没法回答这个问题。 人不是动物，机制过于复杂。 天知道这世上有多少人依靠药物在维持幸福生活，你有没有算过伟哥的销量？ 这不全是自然需要，连海豚都有社会性性行为，何况人呢。

苏丝黄说："我从小就不相信'唯自然论'，要是完全按猿猴的方式自然生活，我现在就在天堂里接你的电话了。"孟苏想想，觉得很对，就放下电话睡觉了。

早上起来，孟苏爬到床的另一头，撑着下巴，偷偷打量这个复杂的机制——至少这是真的，活生生的，会呼吸的，不是流水线上生产出来的东西。 她的小动作把温惊醒，温辗转了一夜，眼睛肿着，向她歉然一笑。

孟苏忽然被温柔的记忆包围，在那些美好的记忆里，这个机制并不是全部。 更何况这个机制还这么好，一点小故障而已，谁没有一点小故障呢？ 她回头粲然一笑。

小气男人

2006-10-19

陶艺消失了。

自从闪闪和香港青年小钟好了一阵，又跟肖闵和好之后，陶艺就不再跟闪闪见面了。

原来还是个小气男人。

这个小气不是指吝啬，闪闪根本不跟吝啬的男人沾边，觉得这种男人没有意思——心里最了不得的事情就是算个饭钱。

陶艺不吝啬。他从不请女人去桌上有油点子的地方吃饭，绝不让女人付账，买礼物也一定找最体面的小店，里面的东西价格都是被关税抬高三四倍的，包得好像玉玺一样地呈上。

闪闪也总是尽量回报，送他礼，抢着买单——在自己力所能及的范围里。

陶艺在外面胡来，回来跟她讲，因为讲得很有趣，闪闪也乐意听，一边笑着骂他。完了两人一起看碟、喝酒、上床。再然后，闪闪回自己家。

但是就在后来她跟小钟好上了，陶艺听了表情就很奇怪，好像被抢了一棒："哇……你原来是这样的人！"

闪闪看着他。咦？难道我说过我是杜十娘吗？而且你不也没闲着吗？一年多了，夜夜听你讲自己的荒唐事，难道不是上周还跟我讨论 20 岁姑娘又性感又无趣？

这世上倒是常有只许州官放火，不许百姓点灯的事，但是你凭什么当州官呢？你又没有给我买一套 CBD 的公寓让我住着，又没给我买宝马。

闪闪就把这事儿忘了，以为就过去了。后来也还跟他偶尔说起自己的活动，陶艺反而沉默。

慢慢地，陶艺就消失掉了。原先有规律的电话也不打了。请他吃饭，他说没空，有点怯怯地，但是还是挤出热情跟闪闪电话里聊了会儿天。

谁都知道"没空吃饭"是什么意思。闪闪最明白，她就没再打电话。

然而心里总归有点难过，因为毕竟两人互相快乐地收养了一年多。想起来难过的时候，就在窗前剪剪花草，做做体操，给苏丝黄打电话。

苏丝黄说："哦，原来是这样。陶艺肯定是心疼自己给太多了。"

"有什么好心疼的？我连饭钱也不欠他多少。"闪闪掐下一朵枯掉的仙客来。

"不是钱，是心疼自己付出的那点爱意。你不也一样吗？"苏丝黄说。

"那他要什么呢？"闪闪问，"他又不要跟我许诺。我只想跟他继续做朋友。"

苏丝黄说："他要一个很独立的知己，他自己什么都能干，干完了还能跟她说，说完了还能陪他上床，但是她不可以这样。"

也就是说，他得比她更自由，更重要。他心里也是有笔账时时刻刻在算的，不过算的不是钱罢了。这年头，爱意也能量化，一小杯一小杯地卖，自己估价。

这世上确实没有"公平"这回事。而且男人小气起来，和女人没有区别。

只有闪闪这个心粗如麻绳的女人，还不知道，小气的男人觉得被冒犯了，就不会跟你"继续做朋友"，那些东西都是给青少年看的，希望他们还有改造的余地。

天渐渐黑了，她打开灯。看到屋顶上那只小小的彩虹色水晶枝形吊灯，这是陶艺送的。他说："我想要一个漂亮女人每天天一黑就想到我。"

要不要把灯卸下来呢？闪闪光着脚站在地下看了半天。

还是不卸了。不要变得跟男人一样小气。她自嘲地笑笑，挽起头发出门吃饭。

令男人想自杀的话题

2010-3-31

话说这天，苏丝黄正在开一个很严肃的会，忽然收到短信一条，顿时爆发大笑，泪眼婆娑。

那条没法口述转达的短信，是个男性朋友从单向街书店发来的："我在书店（活动）现场，我想撞墙：女歌手嘉宾跟大家讨论暴食，一大群人纷纷讲述自己为啥吃那么多米粉炒饭冰淇淋烤肠……一个女孩很坦白地说，她喜欢在宿舍狂吃西瓜、苹果、梨子等水果，然后上厕所，享受上厕所的感觉中抽烟。"

如果一群超过 10 岁、低于 70 岁的女性聚在一起，而现场的男性只占少数，她们通常有两个话题，能激发男人的自杀本能：星座血型和减肥。

一个说："哎呀！ 你是狮子座的吗？ 可你不太像狮子座，狮子座应该是很外向很有领导欲的，你的上升星座一定是水相星座吧。 可是你才 23 岁上升星座应该没有这么明显才对……"另一个转过来说："是啊！ 我前男友就是狮子座的，可是他特别柔顺，有时候我都受不了他。 不过最受不了的应该是处女座Ｂ型男了，那种男人简直黏糊得没品……"

于是，在座的男人，可能一个是处女座，一个是Ｂ型血，尴尬地面带微笑听这群业余巫婆判定他们无比黯淡的未来。 不过不要担心，在谈论星座时，巫婆们对男人的兴趣是极为短暂的，她们很快就会回到自己身上来。 剩下的时间里，男人们在肚子里像自杀兔一样，设想了几百种自杀方式：先用茶壶把这群女人一个个敲晕，然后从窗口跳出去；一头扎进沸腾的火锅里；假装会看手相，然后一个一个地看女人的手相，判定她们一定会早早守寡，等等。

然而跟减肥话题比起来，星座血型还算是很高雅的。

大约是从20世纪90年代开始，所有中国女人忽然都对自己身上正常的脂肪感到不满。 一个女孩子从进入青春期开始，只要体重正常，就会将人生1/3的时间，用于讨论各种减肥方法。 注意了，1/3的时间是用于讨论方法，而不是实施这些方法，实施方法的时间大约只占1/100000000000000000000000而已。

比如，在花两个小时讨论用"只吃水果减肥法"是否管用之后，确实可能会去吃水果，但是其他的东西一样也没少吃。 又比如，明知道运动是最健康、最好的减肥法，但是每次就此跟朋友长谈，并选定自己"最喜欢最适合"的运动之后，到了下午该运动的时候，她会假装自己不记得这回事了，如果有人提醒她，她就会叹口气说："今天不太舒服"或者"不行啊，我还没买运动裤呢。"

那条运动裤当然也是永远会忘记去买的。

好在,这些人里面,大多数体重正常,她们付出的代价,无非就是在35岁之后,乳房下垂,腰松屁股垮而已。

但是这些话题,通常总是要到达一个高潮,就是排泄的问题。为了减肥,如何正确地排泄正确的东西,任何一个男人,都无法抵御这里面复杂的科学和艺术所造就的杀伤力。服用蛔虫卵不只是一个传说。苏丝黄曾经练过一段时间瑜伽,不幸后来去了一个瑜伽班,那个瑜伽老师的所有温柔说教,都围绕着一个关键结果:"这个动作,能够帮助大肠加速蠕动……这个动作,能让你排便更加顺畅……"苏丝黄后来再也没练瑜伽。

苏丝黄的一个朋友(我们叫她饼干),以前也犯过昏,在她一双瘦如丝瓜的腿上抽脂,把腿从丝瓜抽成了麻秆。为了这个,她还上过当年很火热的《实话实说》节目,镜头在她的麻秆腿上停留了很久,给所有观众(尤其是男性观众)留下了不可磨灭的印象,留下无数牵挂的心。10年之后,饼干路过雍和宫旁边的一个停车场,有一开出租车的大爷开车赶上她,大喊:"姑娘,别再减肥了!再减就没了!"故事纯属真实,你看看男人们脆弱的心灵能被女人折磨成什么样。

总之,一个足够敏锐、阅历丰富的男人一定会发现,减肥这个话题,其实是非常女权主义的。你要是以为姑娘们谈论减肥是为了让男人们觉得自己好看,那你就错了。首先,前面提过,谈论减肥不意味着真的会去减肥;其次,谈论减肥能让女人显得非常不优雅，而且女人们也知道这一点；最后，也最重要的是，谈论减肥是社交场合女人最容易拉近距离的一种方法，它跨文化、国界、年龄、阶级、时间，它不是一个单纯的话题，而是一个宗教，它温暖并团结了所有谈话者，除了那些不幸此时在座的男人们。

兔　子

2010-3-17

　　当一个女人到达 30 岁，她就失去了当众撒娇的权利——不是说不能这么干，而是这么干的话，会让所有人难以忍受。

　　除非，是在一群比她至少大 15 岁的男人中间。

　　年龄是个奇怪的东西，经常同时存在于不同的时间里。在 25 岁到 45 岁之间，似乎有一段停滞期。人对自己的年龄会失去感觉，外表是岁岁年年人不同，心里倒是年年岁岁花相似。比如说，你在 18 岁的时候谈的男朋友，到你们 40 岁的时候见面，互相眼里看到的依然是当年的青葱少年。

　　所以年轻的时候，多谈几次恋爱，老的时候，会有很多人记得你当年的魅力，就像你把这些魅力存在了不同银行里，随时可以取出来看一下似的。

　　所以一个接近或者跨过 30 岁的女人，内心有很多青葱，没法被了解和释放，除非她跟一个比她大至少 15 岁的男人约会。

话说孟苏当年有个大她 18 岁的男友，人年龄大点儿，学识在那代人里头却是出类拔萃，孟苏很多后来拿来炫耀的书，都是从他那儿借来的。

"他管我叫兔子！"孟苏说——孟苏是个聪明女人，说句话经常噎得别人上不来气儿，在同龄男人眼里，她怎么也是只小型食肉动物，万万跟兔子沾不上边的。

这也是个奇怪的现象，只要是男的比女的年龄稍大些，都喜欢管对方叫兔子。你要是问问那些谈过恋爱的女人，尤其是那些有过年龄大点儿的男朋友的，有多少曾经被人叫过兔子，答案一定超乎想象——也许能超过 80%。

在这里，应该做一个生物学研究：兔子这个动物，到底有什么地方如此性感，如何能立即唤起大龄男友们的爱怜？这个动物并不聪明，毛色不一。像安哥拉兔，长得像个夸张的翻毛拖鞋，似乎生下来的惟一目的就是用来做手袋；像肉用兔，呆笨土气，而且逛过成都夜市的人都见过它们煮熟之后的头，两条长牙像恐龙鸟嘴一样吓人……孟苏这种，充其量是个野兔，就是在巴黎戴高乐机场上到处跑，危险时刻在空客飞机轮下狂奔并且胜出的那种，野性难驯，不知天高地厚。

孟苏的那个前男友很有钱，很聪明，有学识，对她很好，但是孟苏依然觉得两人哪儿对不上。"好像是连脑袋转过来的时候，速度都是很慢的。眨眼睛的时候，眼皮合上也恨不得要比我多停一秒。"

分明是个兔子窝，就是那种有资本而不玩弄爱情的好人。

野兔子最喜欢在这种兔子窝里没完没了地撒娇蹦跶（虽然快 30 了，在他眼里也还是小姑娘呢），两人都觉得蛮好的，直到野兔子蹦啊蹦啊，把这只窝给蹬坏了。

再然后，就发生了那个著名的"定价"故事：兔子窝问兔子："别人给你 100 万美元跟你睡一晚，你睡不睡？"兔子飞快地算了一下账，等于 800 万人民币，赶紧说："睡！"就好像真的有那么多钱等着，不赶紧抢答就没了似的。

所以说兔子是种很傻的动物，虽然表面看着很聪明。

兔子居然还能想象自己离窝夜宿，兔子窝当然大急啦。其实，真让兔子干这事儿，她还要挑拣，对方不能长得太恶心，还要真心尊重她，才能悲悲切切、不情不愿地从了呢，从了之后，因为满心悔恨，最后还得把钱还给人家，或者捐献给失明儿童濒危动物之类，以拯救自己的良心不安。

江山代有兔子出，一代一代大不同。苏丝黄最近听说了一个 90 后兔子的故事。该兔子非常漂亮温柔，以中专生身份，硬是混进了研究生遍地的地方大电视台实习。毕业之际，跟台里的各位打听找谁能留下来工作。大家面面相觑，一致让她去找台领导。过俩月，兔子果然留下来工作了，台里的人问她怎么留下来的，兔子大大方方地说："我去找了台领导，跟他说，我想留下来工作，要人我做主，要钱找我爸！"并且，兔子说，这没有什么，最看不起 80 后了，明明是献身交换资源，偏要造个"潜规则"这样的词，装样不是。

一代代兔子们之间代沟深远，互相难得理解。更不可理喻的是兔子窝们，他们容纳了不同时代的兔子，却都赋予同样真诚的情感，把钱、人和心都交给野兔子们，看她们的眼光却一样温柔。 有多傻的兔子，就会有更傻的兔子窝，造物主是很体贴的。

前　尘

2010-12-17

有个叫"麦田捕手"的高人，应景儿在微博上发起"上市不约前女友"造句游戏，"上市不约前女友，如锦衣夜行；上市不约前女友，纵使英雄也枉然；上市不约前女友，长使英雄泪满襟"。

这话说的是某大公司创始人在公司列席纳斯达克之后，在微博上忆古抚今，想到自己数任前女友当年离开自己投奔美利坚，他一一机场泪别之，哪料如今得以在纽约"作为成功人士"站在街头，又在晚餐时遇到漂亮前女友，内心翻腾的经历。这个故事就像中国版《了不起的盖茨比》，让微博世界顿时一片喜气洋洋。

这个造句游戏产生了无数对子，苏丝黄认为最有才的是"上市不约前女友，不如回家卖红薯；上市不约前女友，此恨绵绵无绝期；上市不约前女友，那人却在灯火阑珊处；上市不约前女友，西出阳关无故人；上市不约前女友，不是铮铮男子汉。"

有个好像没有前女友的人，还顺便做了个"马丁路德金式宣言"："I have a dream... 等我的公司在美国上市了，一定要在纽约开一个盛大的 Party，把我的小学女同学、中学女同学、大学女同学都请过来，然后大声地说：'谁让你们当年不搭理我，哼！'"这个定义就更广泛了，还囊括了白日梦的对象。

这就是最好的喜剧，先是高潮（找到漂亮女友），先是反高潮（漂亮女友离开），然后是高潮大结局（漂亮女友目睹自己的发达），各得其所（补充一下：这里的高潮反高潮指的是文学和戏剧创作里的专业词，不是医学词汇）。

关于前男友，前女友，前夫，前妻，苏丝黄也听过不少故事，不过跟上市没什么关系。

塔娜是个巴西姑娘，22 岁来到欧洲。和一般巴西姑娘长得不同，皮肤倒像欧洲油画上的女神，半透明的白色透出粉红，漆黑长眉大眼，姿态窈窕而自然。苏丝黄见过好莱坞女神们卸妆后的照片，也见过不少名模，没一个长得比塔娜漂亮的。这种漂亮，让人看了觉得简直是上帝的无故浪费，不该让这么大量的漂亮集中在人间同一个人的身上。

不幸的是，塔娜的漂亮似乎抵消了她的其他功能，跟她聊天大约是世界上最无聊的事情之一。不过她讲过一个"前"的故事，十分有意思。当年她刚到瑞士，遇到了极有钱的马克，马克的生意中包括游艇生意，所以他们刚开始大部分时间都是在游艇上过的。

过了半年，塔娜发现他们去开游艇的次数越来越少了，不仅如此，连见面都越来越少了。再过两个月，马克开始谈论起"我们应该给彼此更多空间"的事儿来了。塔娜虽不聪明，听了这话也知道心里该一沉，但她的姐妹们给她出主意："给他空间，也给你自己空间，让他嫉妒，才会回来。"虽然是馊主意，其实也是无法之法。马克消失的那些周末，塔娜开始魂不守舍地假装也外出旅行，可是过了一阵子，觉得不对了。世界有那么大空间，马克为什么老往意大利的维罗纳跑呢？

答案很容易就揭晓了：原来马克在那里有个前女友。

塔娜自然很生气，但是马克更生气："我是个重感情的人，不会分手之后就完全没有联系。就算我和你结婚，前提也是必须让我跟前女友保持联系。"

在巴西，这不是流行文化，但是塔娜不知道欧洲的规矩，再说马克居然提到了结婚，这让她满心狂跳。

"后来呢？"苏丝黄问，心想这姑娘太单纯了，人家就那么一说嘛。

"后来我们结婚了。"塔娜说，苏丝黄睁大眼，"过了一年我就离婚了。"苏丝黄眼睁得更大："为什么？"

"为什么结婚？还是为什么离婚？原因是一样的。"塔娜说，"因为他更喜欢前女友。"

在结婚之后，马克还是老往维罗纳跑，后来索性把维罗纳姑娘请来了，只要有大聚会，那姑娘都在，满脸从容的笑，满场聊天儿，招人喜欢。塔娜就只能像个壁毯一样挂在旁边生气。

一年之后，塔娜提出离婚，分了点儿财产，住在日内瓦。这之后的日子，她惊喜地发现，马克又开始邀请她上游艇，参加聚会了。她和马克的前女友们一起，快乐地在他的聚会上聊天。"哎，马克是个好人。"塔娜说，"但是不离婚就享受不到他的好。"

这算不算世界上最奇特的优点呢？

（二）

2010-12-25

老马有过一个前女友，谈婚论嫁多时，一起去买了套房子。因为是构筑未来小屋，虽则是老马付的钱，房契上屋主写的却是两个人的名字，当时还没有什么"婚前不买房就是大流氓"的说法，所以老马的举动是相当超前。他由此也付出了超前的代价：买房子不久他俩就分手了，留下一本硌硬的房产证，写着两人的名字。

老马不灰心，再接再厉，又谈了个女朋友，真要结婚了。话说一般人都会学习历史教训，做个婚前财产公证啥的。除了房子一无所有的老马，却坚持历史传统，要把房产证转到现任女友名下。改房产证名字，就需要前女友配合办手续。

老马壮起熊胆给前女友打电话，聊了十几分钟，才小心地提到房产证，即便如此，还是把前女友惹毛了。问能不能回来一起把房产证名字改了，人家说："现在忙，回头再说吧。"

一忙就忙了大半年。老马三天两头，紧着缓着，耐心地打电话。最后前女友来了，办完手续说了一句话："你怎么没一点长进呢？"在前尘眼里，你永远都不会长进的。

扫扫前尘，这样的喷嚏免不了，但只要愿意打扫，就是好男人。

可如果不扫，就永远成不了前尘，就得头发里、衣褶里一直扛着它们走。话说回来，中年男人好像特别擅长这个。闪闪就经常遇到这样的，40岁以上，成天在外头跟人混着玩儿，凌晨四点也不见他回家，全北京餐馆酒吧他们都熟悉，有的高调有的低调，但都喜欢跟周边的女生长聊，一聊就聊人生梦想什么的。头发衣服妥妥帖帖，打理得很好。不识世故的小姑娘，很容易就敞开了心扉，可是敞开了之后，却发现这些男人一头一身的尘——他的衣服都是某个多年的女友给料理的，他的事业都是另一个多年的情人给照顾的，他的朋友圈子里有很多"特别美好"的暧昧关系，但是都因为他"有责任感"，不愿意辜负跟他多年的女友，所以都没有成正果，都变成了"红颜知己"。这一类的男人，统称"装MBA（Married But Available）"，比MBA还低级，后者好歹还是敢许诺过一回的。

这些"装MBA"就跟捕蝇草一样，张着个嘴，姑娘们一个一个往里掉，黏在里面，黏着黏着就老了，就厌世了，所以最可怕的是他们。怪不得有个人在微博上说，她去庙里许愿，给佛祖300块钱，祈祷世界和平、爸妈健康、让烂桃花都见鬼去吧，可是一出庙门就中了300块钱的奖——她那案子连佛祖都不接，可见烂桃花都缠人到了什么地步。那么多爱情僵尸跑出来搞坏婚配市场，叫人情何以堪。

如果你是个姑娘，务必记住不要沾那些浑身上下前尘未了的家伙。他们虽然被女人调教得很好，知道如何穿衣戴帽，善解人意，但捡现成的，总是要还的，还不如找一个清净粗朴的，自己从头来。你想想，一个需要从那么多女人身上取暖的成年人，气得多虚啊。

如果你是个没打扫过的男人，那就别再张着猪笼草的嘴粘人了。粘那么多又消化不了，都在你肚子里打架，打得你五劳七伤，有什么好？不如挪点精力帮帮民工子女上学，给无故被碾死的人转转微博，给孤老院送个温暖什么的。过了中年，还不能忘记革命年代里亏欠的青春，还要补玩十几岁的狗血游戏，实在是有损审美。

闪闪说："其实，要是性格快活的也还好，好歹让人高兴一点儿。"

不幸的是，捕蝇草多半性格阴郁，因为天性不知餍足，粘多少都觉得心里空空。所以粘住一个，心里空空，再出去，再粘住一个，还是空空……就像《千与千寻》里面那个大食鬼一样，吃啊吃啊，吃到后来都吐了，脸上还是哀哀怨怨，老在说："我好寂寞，我好寂寞！"被粘住的人也被他搞得很哀怨，这样的故事太多了，多得人们连同情他们的时间都没有。

当然，不管是高兴的粘，还是不高兴的粘，结果都是一样的。回到开头的故事，现在好男人老马结婚了，过得挺好。那些纠结的担忧，也一点没有。只是偶尔的，他老婆会笑着说："你看，你把房子变成我的婚前财产，现在我都不能跟你离婚了，不然真成混蛋了。"

［再见苏丝黄］ 我们女人

隆，还是不隆，这是个问题

2006-2-2

孟苏一辈子都受着这个诱惑的折磨。

其实，与其说是诱惑，不如说是折磨。

那些关于整容的故事实在太骇人了，比如潜水的时候胸部爆炸；本该柔软的东西变成了石头；或者放进去的东西不在该待的地方待着，而是到处乱跑……

她并不希望变成超级肉弹，只是想符合常人眼中的女性形象。

去买内衣的时候，售货员总是说："用这种，这种内衣可以把胸部向上挤。"

难道她们不知道有些女人没什么好挤的吗？

或者说，她这样的雌性物种实在是太罕见了？

好长时间，在户内运动的时候她都觉得自己像个残障人士，潜意识里总希望把胸遮起来。而她的伴侣通常会回避谈论这个问题，或者如果谈论，也只会说："别在意，我不在乎这个。"

这种貌似慷慨大度的说法其实更糟糕。不在乎？就像不在乎你口吃，或者你很穷，或者你鼻头上长了个瘤子？说这话的人还一副等着你感激他的样子！

在一段漫长的断档期里，孟苏心灰意冷，天天去书店泡着，偶尔偷偷看看《情感自助》、《心灵鸡汤》之类的书，翻完之后，装出不屑一顾的样子把书放回架子上。大多数书籍和杂志报纸的相关话题是："美容手术的危险"、"丰胸的50种食物"、"男人看女人的第一眼先看哪里？"还有"你也可以做到！"

然后，温拯救了她。

第一次，他们躺在那里看窗外的芭蕉叶。温满怀感激地看着她："你真美！"

"真的吗？"孟苏郝然。

"当然！"温说，"没有人告诉过你吗？"

其实是有的，不过不是在脱了衣服以后，而且也没有这么由衷，这么热烈，好像看着一颗两千克重的钻石。他一只手撑着头，看着她的眼睛。

温说这句话的时候没有喝醉，他对波洛克和吴冠中油画的看法和孟苏一样，他有过足够丰富的经验，他没有在事前说这句话，所以动机纯洁之极，他没有胡乱赞美别人的习惯。

孟苏的经验是，真正接受赞美之前，必须对赞美者进行充分的全面考察。

经过一段考察期，孟苏忽然对自己非常骄傲，她再也不试图掩饰自己的胸围了。

"你知道什么叫真正的'人造美人'吗？"孟苏对苏丝黄说，"所有的美人都是人造的，不过有些是美容手术造的，有些是人造的——是她们信任的那些人的赞美造的。"

没有所谓天生丽质这回事，有好多长得不错的人最后都被他们的人生糟蹋成一块抹布。

所以，如果你还没有被糟蹋成一块抹布，你就是个非常幸运的人，没有理由不相信自己是个美人。

今天有人叫我阿姨

2006-2-2

"今天门口的门卫叫我阿姨!"苏丝黄面色发灰,"上个月他们还叫我大姐,过两个月就要叫阿婆了!"

闪闪说:"这也没错,你想想,那些门卫其实都是小孩子,有些只有十五六岁呢。上了 25 岁的可不都是阿姨?"

"谁要做他们的阿姨?"苏丝黄说。

好像才打了个盹,就变成十几岁孩子的阿姨了。昨天不还看中了一条雪白闪光大篷裙?潜意识里自己还青春年少呢。

苏丝黄想起自己在年初一场大会上看到的那个美国副总裁。

大概有 65 岁左右了,穿着 YSL 的米色外套和丝光蓝衬衣,银发满头,整个人发着微光。但是他发言的时候,苏丝黄就在身后的屏幕上看到他放大的脸,虽然容光焕发,然而鼻子尖下方悬着半颗闪亮的液体,呼之欲出。

所谓年老,就是悬在鼻尖上的、所有人都看到、而你自己却意识不到的东西。

闪闪说："说起来，我不知道为什么现在的人都不叫女人'小姐'了，这个词用了成百上千年，不能因为现在人们给妓女赋予尊称，我们就弃之不用吧？而且我对妓女没什么意见，我自己天天出卖脑力，还出卖灵魂（你想想那些被毙掉的稿子和那些被迫刊登的稿子），和她们差不多。被叫做'师傅'和'大姐'才受不了呢！"

睡不着，这也是不再年轻的征兆。

有个女同事说她最近老失眠——她们正坐在出租车上——苏丝黄这个大嘴巴很自然地说："失眠最好的治疗办法，就是有规律的性生活。"

除非你是国家总统之类的要人，通常的压力是可以通过性生活缓解的。锻炼也对睡眠有好处，不过性生活对心灵有好处。

下车的时候，出租车司机回头指着苏丝黄说："我一听就知道你是个教练！"

"你说什么？"三个女人惊讶地齐声问道。

"你是个教练！"司机很肯定地说，"说得没错，就得那么治！"

可见这不是苏丝黄的独家发现。

但是现在，苏丝黄自己睡不着了，远水不解近渴。

她想起有个名人说过一句话："睡不着说明不需要睡觉，应该起来工作。"

她爬起来工作，忽然想：名人也性生活不足吗？

这时候，你最爱的人向你求婚了，你们有无限的话题可谈，性生活美满，总是有点紧张（从来不会放松到不刷牙就互相亲吻，或者在你上厕所时随便走进卫生间），你的朋友都许可他是你的最佳伴侣。

重要的不是这些，重要的是你忽然觉得结婚可能不是那么可怕了，连年龄都不怕，为什么要怕结婚呢？

但是，接受他的求婚意味着你得跟他一起离开北京。

不敢热爱北京，因为北京就像某一类型的男人，你一热爱他，他就会让你心碎：可怕的污染和交通堵塞；随时带着你的押金跑掉的房屋中介公司和带着你的房产证手续费跑掉的律师事务所；反复无常的规则；随时会倒掉的餐馆和酒吧……

天下大概有无条件的爱这回事，不过苏丝黄还没有遇到过。所以她对北京的爱总是带着一点小怨言，只有对自己人才尽诉苦衷。

但是北京又是那么让人难以离开，它让人上不来气的活力，每个角落里不断发生的尝试和它在某些方面的未经世事，新的酒吧、餐馆和书店，越来越地道的艺术展览，越来越各有不同的人，一旦你被接纳，你就会明白什么是中国式的慷慨大度。

她离开过，又回来了，再离开，再回来。

现在，她真的能够再离开吗？

这个世上有很多不需要太大力气就会爱上的地方，旧金山、纽约、威尼斯、柏林、伦敦、巴黎、苏黎世……这些闪闪发光的家伙，趣味横生，干净，大多数时候是无害的，在很多这样的地方，你肠胃和呼吸道的抵抗力会减弱，对人的提防之心会减弱，会变得多愁善感，在一点小事上转来转去。

但是深爱上北京的人才会有特别强硬的肠胃，铁一样的肺，钢一样的心肠，狐狸一样的狡诈，鹰一样的敏锐分辨力和蛇一样的油滑，而且与此同时，你还被允许保持一颗宽大温暖的心。

对北京的爱会让你变成一个百毒不侵的强人，她不能抗拒这样的爱。

北京总是欢迎她回来，还没有哪个男人办到这一点。从来没有哪个男人在分手之后会主动给她电话，除非他们需要她帮忙，但是如果她主动打电话过去，对方总是那么警惕，直到搞清楚她不想重续旧缘之后才会松一口气。但是北京不同，北京总是微微一笑，说声："嗨！"就把她拢入怀中，好像她从来没有离开过他一样，不过是出门散了散步，买了份报纸。

再没有比北京更胸怀宽广、更适合她的爱人了，她可能总是离开，但她知道他是惟一能够和她白头偕老的伴侣。

她锁上门，把钥匙放进信箱，深深吸了一口北京令人窒息的烟尘之气。

不同凡响

2004-6-8

　　苏丝黄问晚报编辑闪闪："为什么我们两个不能做同性恋呢？"

　　闪闪说："每次你恋爱失败，都要说这种无聊话。"每次她们都同样无聊地感慨一番，然后各自回家睡觉。"哪天你真想试试，可以提前预约。"

　　"这回恋爱还没有失败呢！"苏丝黄说。

　　她们都知道这是不可能的，要真有可能的话，她们在大学澡堂里早就该心动了。

　　苏丝黄在读一个英国作家朱里安·巴恩斯的小说《福楼拜的鹦鹉》。

　　福楼拜在法国的时候是个情场老手，后来他去了埃及，染上了性病，变得奇丑无比。但是即使那样，崇拜他才华的女人还是一个接一个地爱上他。

据他自己说，性病是在开罗的澡堂里染上的，他声称自己爱上了开罗澡堂里的男孩。但是小说的主人公、一个研究福楼拜的医生说，这大概是他的吹嘘。福楼拜喜欢吹嘘，而且他在法国从来也没有男性伴侣。

"好吧，不是因为恋爱失败。"闪闪说，"那你是不是也想吹嘘一下不同凡响的经历？"这种赶时髦的愿望在 21 世纪的中国还是太前卫了一点，未免矫情。这种潮流在 20 世纪 60 年代的欧美大学生里很风行，年轻人争先恐后地开发自己在恶作剧和性方面的可能性。和我们中国古典文学里轻松嬉戏、不登大雅之堂的同性恋不一样，他们认为自己秉承的是古希腊传统，同性恋与伤感的、骄傲的、纯粹的智力生活相关；双性恋与难以捉摸的、丰富的、激荡的情感生涯相关。一对一的异性恋简直沉闷透顶，不值一提。

"为什么说我矫情呢？"苏丝黄说，"你希望错过自己身上各种潜在的可能性？"

"我本来可能成为一名舞蹈家，"闪闪说，"一个高级餐馆的大厨，一个蝴蝶夫人，第一个计算机图灵奖女性得主，驻坦桑尼亚大使……但是现在我天天坐在灰漆窗框贴厕所瓷砖的办公楼里，编那些关于变态杀人狂的新闻，你觉得这说明了什么？"

"说明你尝试得太少。"苏丝黄说。

"说明我在某些方面已经过了广泛尝试的年纪。"闪闪说，"而且，我没有机会强迫症。"

机会强迫症的意思是说，不允许自己放过任何机会，甚至创造机会来"拓展自己":去参加野外拓展是为了锻炼在办公室里丢失的男子汉气概,去看现代剧是为了提高文化涵养。"现在,发展新的性取向是为了成为真正的知识分子!"闪闪说。

"对呀,如果知识分子的作用在于质疑一切,那么一个从来不曾质疑自己的性取向的人怎么会是真正的知识分子呢?"苏丝黄说。

闪闪一直自认为是知识分子,她质疑一切,尤其是自己的薪水。

"好吧,"闪闪说,"你要知道,知识分子还有一个特点,他们质疑过多,但是经常不做实事。"说完,她叹了口气,开始暗自后悔自己荒废的大学时光。

苏丝黄的选择

2005-8-21

苏丝黄在慢慢做一个痛苦的古老决定：结婚，还是不结。

和大多数女人不一样，她喜欢自己脸上细微的皱纹。早熟的女人在 20 岁时最为尴尬，因为自己的成熟还不能得到完全承认。30 岁的时候，什么都合适你：头发卷还是直，长还是短，染还是不染，染什么颜色，内衣是黑色透明蕾丝还是白色无装饰，坐的时候腿交叉还是放在桌上，床上运动时自己做还是让对方做决定……一切都极为自然地被自己和别人接受。她觉得自己好像一件宽大衣服里的孩子，慢慢长大，一夜之间发现衣服已经服服帖帖地附在身上，分毫不差。

但是这个年龄和所有的年龄一样，都会过去的。到了 40 岁的时候，她还会喜欢自己的年龄吗？50 岁呢？60 岁呢？那时候会不会后悔，痛骂 30 岁的自己放弃了一个好伴侣？

什么都好：性格，交谈的话题，性，兴趣爱好，激情和安全感，不算富有但生活无忧。每天早上起来看着他的脸，依然觉得无比可爱——

苏丝黄记得在巴黎的时候，曾经和几个女性朋友在一起聊天，问对方为什么结婚。有的说是年轻不懂事，有的说是社会压力太大，只有离了婚的波兰女作家安娜说："我结婚是因为我疯狂地堕入了爱河。每天早上醒来，我都看着他的脸，看不够，觉得他无比可爱……十年以后，我醒过来，看着他的脸，觉得他并不那么可爱。"

"你花了十年时间才看出来?！"另一个依旧单身的朋友问。

事实是，不花十年时间，你可能还看不出来。

什么叫"草率结婚"？苏丝黄的朋友史蒂夫有过伍迪·艾伦式的经历。他和前妻认识的时候，决定要避免七年之痒——等够七年，再决定是否结婚。七年到了，两人依然感情不错，他们就结婚了。结婚到第七年，妻子变成了同性恋，他们分居了。

这个滑稽的故事让苏丝黄印象非常深刻，总是拿来开导别人。不管多么谨慎，到头来还是没有保障。没有什么婚姻会有终身保险，既然如此，考虑过度是没有用的。

但是真的像激进女权主义者说的那样，结婚就完全没有意义吗？好像又不是。

另一个德国朋友马迪亚斯，和女朋友生了两个孩子，大点的孩子都有五岁了，最近才结的婚。苏丝黄问他："结婚有什么不同？"

马迪亚斯说:"非常不同,再也不用考虑两人的关系了。"

他又补充了一句很值得引用的话:"假装自由是很滑稽的。"

这些思想斗争都和焯辉商量过,焯辉的特点是听天由命。他的平衡让苏丝黄非常恼火,因为他既可以为结婚而高兴,也不会为继续保持同居而苦恼。苏丝黄的一个新朋友格琳也很为家人的态度恼火,她很犹豫是否要孩子,但是丈夫和两方父母都和她一样犹豫。连点社会压力都没有,必须完全接受自己选择的后果,好痛苦啊!

再也不能责怪万恶的社会和封建家庭了,好痛苦啊!

经过一番无用的挣扎,苏丝黄决定再把抉择的时间往后放一放,先享受北京宜人的大好秋光。

相由星生

2006-3-9

闪闪办公室的同事"哈你"（Honey 的中文译法）在午餐桌上讨论星相和血型——女人一多起来就这话题，简直没办法。

结果，一桌子 10 个人里面有 3 个女生是 B 型血处女座。

闪闪没精打采地听着，她不太相信这些东西，那些话放在谁身上都合适。不信你把处女和射手调包试试看。

但是忽然之间，一直沉默的同事 A 说："我还认识一个 B 型血处女座的。"

大家齐刷刷看她。

"我的 EX。" A 说。

"哈你"大叫："天哪，你怎么能找个 B 型血处女座的男人？这种人很闷的！"

A 一副"我还用你告诉我"的表情。

"而且这种男人分手时表现总是很差，总是拖，总是表现得很哀怨，好像说我对你那么好你怎么这么无情的样子……""哈你"说话声音温柔深情，能让人通体舒畅，要是你不去听她说出来的话的话。

"对头！"A说，"那O型血狮子座怎么样？"这是新欢。

"哈你"说："这样的男人非常好！"然后她数了一大堆的好，让A颇为生疑："真的有那么好吗？我怎么没觉得？"

闪闪脱口而出："那你为什么跟他呢？"

A用看白痴的眼神看了闪闪一眼："因为sex很好。"

"对呀！"星相大师"哈你"说，"我以前有个老板就是O型血狮子座……"

这下大家都齐刷刷地看着"哈你"。

"他有很多女朋友，我搜集来的反馈都说很好咧！""哈你"急赤白脸道。

"哦——"大家点头，还是齐刷刷看着她。

闪闪问"哈你"："你恋爱之前都看血型和星座的吗？"还以为封建社会结束了，我们再也不用受生辰八字的压迫了（闪闪一直暗自担心自己下巴上那颗痣克夫——虽然她现在无夫可克）。

"我不看，""哈你"快活地说，"但是刚好我老公的星相很适合我！血型不是最配的，可是综合起来就配了。"

原来是这样，星相血型的好处是它们的诠释方法漫无边际，你就选你愿意相信的那部分就好了，别以为有了这些知识你就能理智地权衡。观星测相只是堕入爱河之后诸多不理性的举动之一。你试试让A注意她新欢的不可观的年薪看看？

所以，现代社会和古代社会还是有点区别的，区别就在于你可以选了。虽然还是有人选择算命风水、这个那个主义、血淋淋的行为艺术、素食或者还是离不开垃圾工厂和汽油的所谓"简单生活"，但是你也可以不选这些，而不必担心被人在身上用柏油粘羽毛。

不过，对30岁之后的女人而言，她通常是会对星相血型和巫术一样的早期心理学感兴趣的，如果她对自己解决伴侣关系问题的能力已经失去信心——而这种机会发生的概率总是与日俱增。

但是，如果你已经过了黄金尝试时段，到了50岁还在观天象识伴侣，那可能说明你也永远搞不清楚自己是谁，更不要说身边这个是个什么人了。

赔 钱 货

2006-1-25

有些女人是真正的赔钱货。

闪闪办公室里一共三个赔钱货，大赔、中赔和小赔。三个都是年少不经事或者慑于社会压力结的婚，后来受不了，又倾家荡产离了婚——别的女人离婚，房子汽车存款什么的，能割多少带走就割多少。这三个不割，都搭进去了。虽然多年经济平等费用分摊，但出门的时候，只带了自己的衣服牙刷化妆品。

你以为对方会看在多年情分上，怜惜你，或者为公平起见，主动给你点钱付个小房间的首付吗？

那是央视的肥皂剧，在现实生活里，这几个的前夫不仅欣然受之，连个客气话都不带说的。几个赔钱货付的代价都不菲，她们按赔的市价多少给自己分了三级，反正结果一样——都是账户空空，不怕打劫。三个站一起照张相，可以上面烫金字"北京三赔——全国妇女的前车之鉴"。

"从来没有后悔过，心疼那些钱吗？"闪闪问"大赔"。

"自由要付代价的呀。""大赔"说。

自由要来干吗？

"妈的，今天又要熬夜搞改子。"——"大赔"本来是想说"改稿子"，舌头向熟悉的方向一滑，就成了"搞改子"。有搞头至如此，你就明白她的自由要来干吗，当然不仅仅是改稿子。

温柔的经济学家加尔布雷思说："每个人一生最快乐的时候就是刚离婚的时候。"

尖刻的作家奥斯卡·王尔德说："离婚是天堂的产物。"

苏丝黄没有那么愤世嫉俗，她并不提倡全民离婚，谋生就够辛苦的，谁也不会吃饱了撑的，用这种办法体味人生。而且赔钱货也都不是老有搞头的人，她们可能经常在家里孤零零地看DVD，大约每个月哭一场，哭完了，睡一觉，早晨爬起来化妆，忘掉了昨晚为什么哭，看见自己眼睛肿得像小章鱼脑袋，就骂："哭什么哭！这下好了吧？扑面粉都遮不住！"

都是脚的问题。

对文明人来说，鞋是必需品。但对野人来说，鞋不仅是奢侈品，甚至是累赘。这种体会只有其他野人能够理解，跟文明人讲不清楚的。

没有过不去的坎儿，事到临头，我们只能把一切坏事情往好了看。赔钱货有什么好处？

首先，她们不会为自己不是处女而忧心忡忡，因为她们的"非处女化"已经得到法律批准；

其次，她们对结婚的态度会更慎重，不会仅仅为了拍出帅哥美女的婚纱照、为了妈妈的唠叨电话、为了任何肯给她们做饭的人、或者为了"终于找到个养我的好人"而一时冲动跑去结婚；

其三，敢赔钱离婚，多半说明她们经济和心理都比较独立，不会给男人找麻烦；

其四，不仅不找麻烦，还主动给男人解决麻烦；

其五，她们的陈词滥调较少，自我疗伤的能力较强；

其六，她们当中很多人工作非常投入，可以当驴子使；

其七，她们吃饭和娱乐时通常随叫随到，而且会玩得很高兴；

其八，她们是成人用品的最佳潜在消费者，有利于这一部分市场的繁荣；

……

仅以此祝愿所有的赔钱货将来都不要生女儿，以免培养更多的赔钱货。

洗 手 间

洗手间是女人的中转站，一切问题都需要在此解决：没有戴好的隐形眼镜，牙缝的清洁，不可告人的电话，不小心脱钩的内衣，突如其来的酒意或者情欲，在谈话当中忽然涌起的悲伤……如果没有洗手间，女人们的所有尴尬都会暴露在别人面前，那样的话，世界会变成什么样子呢？ 体面的礼仪会完全改变。

"对不起，我需要一张餐纸。"小安看着溅在衣服上的黑色酱汁说，她的右手伸到背后，整理乱成一团的内衣。

苏丝黄抓紧桌子，问她的约会伙伴："我喝醉了，可以吐在碗里吗？"

更不要提那些必须解决的更原始的问题了。

在洗手间设一个递毛巾的服务员是错误的，因为服务员入侵了这些私密的角落，而且毫无作用——除非她们备有针线、洗衣皂和电熨斗，或者出售毒品。

再见苏丝黄

没有镜子的洗手间就像没有窗子和灯的卧室。

女人们喜欢在"卧室"里交换隐私，就像丁度·巴拉斯在他俗不可耐的电影里想象的那样。但是对男人来说这个场合可能有点尴尬。英国教授阿兰就遇到过这种情形，他正在学校的厕所里方便，系主任忽然从里间出来，看到了他。系主任热情地拍拍他肩膀："阿兰，你好吗？"

阿兰浑身一绷，说好啊。

系主任往便池旁的窗台上一坐，看着他，说："唉，我今天可不怎么好。"

然后他就聊起自己的一天来了。

这种温暖人心的特殊场所问候在我国很多地方还是比较常见的，北京胡同厕所里就经常是唠家常和传新闻的最佳地点，而且声音越大越好，不过在欧洲就很罕见，所以阿兰觉得很新奇，主要的问题就是要既能够礼貌地看着说话者的眼睛，又不要偏离方向溅到地上去。一个人的修养在任何情况下都会经受突如其来的考验。

啊，当然，说到洗手间就一定得提到那些渐渐为人们所熟悉的洗手间的新作用。情色小说和电影经常让主角在洗手间干坏事，在丁度·巴拉斯一如既往地糟糕的新片《奸情》里，他告诉我们洗手液的其他用途。不过一个来自发展中国家的观众，就会很自然地注意到，这样的洗手间具备很多我们的洗手间通常不具备的条件——除了洗手液之外，还有出水的龙头、干净到一定程度的地面和墙、关得上的厕所门（前提当然是有门）、门外没有不耐烦的人排起的长队、非常结实的墙壁……

城市像鱼一样，有它自己的腮和肾脏：医院，垃圾处理场，邮局的死信处理处，火葬场，洗手间……但是洗手间却像一个奇怪的内脏，它发展出了许多超出肾脏的功能，它几乎可以发展出取代其他内脏的任何功能，就像汤姆·汉克斯扮演的那个水泥工在电影《终点站》里发现的那样：以洗手间为起点和中心，你可以建起一个家园；一个没有洗手间的家园却不可想象。

年度最惊

2006-7-2

薇薇依然想嫁。

她已经试过了多少青年才俊啊！但是没有一个是属于她的——她太着急了，把人吓跑了。

惟一一个没有被薇薇吓跑的人，是被苏丝黄吓跑的。

有一天，她和苏丝黄一起去吃饭，一大桌人。薇薇旁边有一个小个子青年才俊，说起话来每个句子都用"我"开头。虽然这不是一个哲学吃香的年代，但是那一长串哲学家名字毕竟吓人呢。而且青年才俊说话不喘气，薇薇怯怯地附和一声，他居然都会皱眉头，仿佛觉得自己伟大的哲思被野蛮地打断了。

不管怎样，也是单身青年才俊啊，薇薇心里小念头一直动。

但是坐在"才俊"另一边的苏丝黄一直皱着眉头，没有说话。

忽听"才俊"说道："前天我买了一包细的广式香肠，本来打算喂我那头猎犬的，有一天太饿了，打开冰箱什么也没有，只有这包香肠，我就给吃了。"他很激动，"我竟然吃了狗粮！那么细的香肠！"

苏丝黄带一点邪恶的笑意道："那没什么，我们女人一辈子总会吃点细香肠。"

薇薇一愣，忽然狂笑。才俊虽然不明白什么意思，但是知道来者不妙，就生气地闭嘴了。

苏丝黄和薇薇却开始叽哩呱啦，终于从哲学家的坟墓里爬出来。那晚上还是很开心的，不过走的时候，"才俊"对薇薇看都没看一眼。

薇薇事后问苏丝黄："为什么你不喜欢他？"

"太吵了，把他的那些'我我我'拼起来，够搭座别墅的。"苏丝黄说，"而且我讨厌别人抬高狗、贬低广式香肠！"

苏丝黄不仅吃广式香肠，而且吃狗肉。

薇薇不能理解苏丝黄，而且她很生气，又一个猎物跑掉啦。相亲的时候跟这种凶狠的女朋友一起露面，会有什么好果子吃呢？

回到家正生气呢，忽然收到一个短信。

短信内容是："我在我家院子里看月亮，我身边的有张椅子空着，你来吗？"

发短信的人，是薇薇认识了三年的一个老朋友，大家叫他"老猫"。薇薇和老猫通过朋友认识，偶尔一起和朋友出去吃饭，其实彼此话不多。大家都喜欢老猫，因为他总是买单。薇薇以前有点麻烦，比如驾照上扣分扣完啦，需要找人通关系办证明啦，打个电话，老猫总是帮忙。而且帮完了，转背就忘了，从来不说："你请我吃个饭。"他一般会说："没什么大不了的，别请我吃饭了，我没空跟你吃饭！"听起来有点缺心眼儿似的。

薇薇想起来，晚饭时这个老猫一直把胳膊都搭在她的椅子背上，笑嘻嘻地听她们俩说话。

薇薇不明白，她怎么也想不通。心里一通扑扑乱跳。

跳完以后才想起来，老猫年纪很大，够当薇薇的爸爸了。

后来她问老猫，为什么那天晚上对她动了心。

老猫说："你跟你的朋友太好玩儿啦！"

看来，跟凶狠的女朋友一起露面，也是有好处的，问题是，这样你就好像变成了油炸蝎子，只有中年及以上的男人才有足够的勇气尝试你。

发现这个事实以后，薇薇的世界就改变了。

二 茬

2009-9-1

　　平均寿命增长好快，中国人的平均寿命现在是：男的71岁，女的74岁。60年前，据说平均寿命才35岁。

　　"要是才活35岁，活什么劲哪？"闪闪说，"怪不得看古书，老觉得里面的道理跟哄小孩儿似的，原来古代的成年人，经历还不敌现在的青嫩少年。"

　　"嗯，要是回到古代，你就是王母娘娘。"苏丝黄说。

　　寿命固然延长了，人做事却越来越赶紧。苏丝黄身边好几个朋友，25到30岁，都已经成了"二茬"。名词解释："二茬"就是离了一次婚，又进入新一轮寻偶期的人。

　　苏丝黄的朋友咪咪，23岁就结婚了，她有个荷兰朋友当时说："在我们国家，通常只有没受过高等教育的人才那么年轻就结婚。"想想又说，"不过也好，这样如果你离婚，还很年轻，方便从头开始。"说完自己捧腹大笑。

果然，咪咪 27 岁就离婚了。

那些自动成为二茬的人，是特别好的朋友：首先，一定是有独立能力，所以才主动做二茬，所以不太烦人；其次，有经验，什么话题都能跟他们聊；其三，他们有时间，迫切需要社交，所以吃饭逛街，随叫随到。

如果是个不太聪明、又很迫切的二茬，就会容易做傻事。特别是女人，最常见的错误就是不顾后果地整容。苏丝黄听说过的故事里面，包括面部抽脂后发生渗漏、脸上变成月球的，还有面部植入上千根金属丝、结果肿成个大草莓的（广告里说这是埃及艳后的独门大法）。幸亏苏丝黄的朋友里面还没有这样作践自己的，不过也许有，也不好意思告诉别人，告诉苏丝黄尤其危险——写专栏的，小报记者，都是传染病源。苏丝黄记得有个娱乐记者曾经在饭桌上对人说："刚才看到一个香港大明星当街骂人呢！"大家连忙问："是谁啊？"该娱记说："我是记者，要有职业道德。我不能告诉你们。"顿了一下，接着说，"我要写出来！"

随着二茬的增多，二茬找到幸福归宿的可能性也越来越大。因为所有人都知道了"婚错人"这样的错误，谁都可能犯。尤其在中国，第一茬结婚经常是迫于父母之命，或者为了面子之类的愚蠢动机。

所以二茬在寻偶方面，比较慎重，也比较脸皮厚——在寻偶的时候遮掩自己的真实需求，最后受伤的是你自己——比如，你不能忍受懒人，或者不能忍受穷人，或者不能忍受聒噪的人，离了婚，下次结婚的时候还找个懒人、穷人或者聒噪的人，不是白折腾了自己和前任？

比如说，咪咪是个管理学培训老师，成天工作就是讲话，她离开前任是因为前任不爱讲话，不善情感沟通，她后来找的男人都会讲话，人也都不坏，可是"有的很没劲，有的很自我中心"。

有一天，咪咪对苏丝黄说："30 岁之后我才明白了一个道理：以前我总觉得男人不懂女人，现在我觉得女人也不懂男人。"

苏丝黄说："没错儿。"想起自己不愿跟大鱼打电子游戏的事。

"以前老觉得，男人不懂我，我就找懂我的，找到了懂我的，我又觉得他跟我太像，没有吸引力。"咪咪说，"转回来一想，原来都是我的问题——我不知道自己要什么。"

禅宗里管这叫悟性，可是悟性长了，有时让人觉得空虚。

不管怎样，明白了自己的毛病，才觉得现在的男朋友真好，对他开始体贴了。比如他睡得沉，早上听不到闹铃，咪咪就给他当"人造闹铃"，捏鼻子，挠脚板，揪耳朵。又比如他缺乏锻炼开始发福，咪咪就着手严控他的饮食，把甜食全藏起来。她以前根本不屑于做这些事情，觉得这些事会让自己从独立女性堕落成家庭妇女。"我严格要求自己，你也严格要求自己，不然就散"这样的态度，很酷，但其实是冷冰冰的培训老师的态度。

奇怪，这样"堕落"有助增加幸福感。一年之后，咪咪再婚了。

蜜月回来，她对苏丝黄说："我度蜜月的时候老在想：我的前夫、两个前男友、现任老公，都是一个星座一个属相的，找的都是一样的人，为什么还要折腾呢？"

"不折腾人哪能改造啊。"苏丝黄说。有个诺贝尔生物学奖得主说过，生命，就是能够不规则地复制自己的东西。水晶可以复制自己，但太规则了，每次复制出来都还是个小水晶。生物每次复制自己，都有错误，这才能进化，不然现在人还是太平洋里那条总鳍鱼。

可以以此作为二茬指导手册开篇。

为什么要命

2009-9-16

Femme Fatale——法语的"致命女人"，其实不存在。如果你去查维基百科，名词解释里没有举一个真实的例子，全都是文学、电影、电视、游戏里头的虚构女性，基本上是男人设想出来的女人。比如色情文学里以女性第一人称口吻叙事，喘气娇嗔"人家不要嘛！"的，大都是男作者，这事儿女人都明白。男读者要是不信的话，可以去看看和菜头的博客。

"致命女人"，本来是蛇蝎美人的意思，比如我国商代的妲己。后来在作家笔下渐渐发展出复杂的性格，有时候还是个环境的牺牲品，比如1948年的好莱坞电影《来自上海的女人》里里塔·海华斯扮演的 Bannister 夫人，相当于美国的潘金莲，嫁了个恶毒的矬子，试图设计让别的男人杀掉矬子逃离魔掌，结果可想而知。"致命女性"这个词后来发展出一点浪漫色彩，如果说，"你要了我的命"，听起来蛮刺激的。

不知道大家有没有看过《兔子自杀》这套漫画，一心想死的兔子用各种不可思议的方法自杀：踢伤外星人，被外星武器打成浆；大洪水来临前，躺在诺亚方舟旁边晒太阳看书；站在马上就要通电的强力磁场和刀具店之间；挂在热气球上升空以便被战斗机刺穿；趴在日本战败军人身后一同剖腹，等等，态度非常认真。兔子的自杀费尽心思，你全当是狂野的搞笑虚构，其实不全是，弗洛伊德老早说了，人内心总有点死亡的小愿望。

Femme Fatale 的产生，则证明男人内心不仅渴望死，还渴望死得激情澎湃、与众不同。不然你没法解释，为什么男人没事就坐在那里，设想热辣女人如何用一万种办法，在不同的时代，世界的每个角落，勾引他们、陷害他们、迷住他们、利用他们、弄死他们。

可能 Femme Fatale 确实是存在的，连中国都有，比如大家可能一下就想到被封为港台第一败家女的章小蕙，其致命之处就是诈钱。人确实有"女猎人"的劲头，并且据说其败家能力无人能及，让旧爱新欢在相隔三天内纷纷宣告破产。后来她在电视上接受访谈，说是自己在情人节会约三顿晚饭，顿顿理直气壮。但是她也提到跟有钱男人约会，不过是来接的车好点，吃的餐馆高级点而已——在现实生活里，男人还是很谨慎的，不会每顿饭都拿着蒂凡尼珠宝讨欢心，除非那钱不是他自己挣的。

总之，女人不可能长一张俊脸，傻呵呵地坐那儿，就颠倒众生要啥有啥——那是三流女作家的白日梦。现代女性，要知道怎么诈钱，需要从小修行，所以会有人教授"如何嫁给百万富翁"这样的课程。让男人被吸引是一回事，让男人被迷住是另一回事，让男人被迷得净干傻事，这就非得接受教育不可，不接受教育，就只能沦为拿着菜刀上门的二奶。苏丝黄就听说过这样的事儿：一个远在四川的二奶拿着刀跑到男人在北京的别墅门口要自尽，大奶见到了，说：咦，不要动刀动枪吗，既然你那么爱他，他的钱留下，他人就可以走啊。男人净身出户，当然被啥也没捞到的二奶抛弃了。这二位的修行立见高下，一看就知道到底谁致命——虽然她刚开始可能不是故意的。

不过，男人的理想总是在与时俱进，这些年产生的虚构致命女性已经不一样了，比如《硬糖》里面十几岁的女谋杀犯，专门诱杀网络上的恋童癖；还有昆汀·塔伦蒂诺《死亡证据》里面追杀变态杀人狂的复仇女神。复仇的致命女性不仅性感、自私、有头脑和力量，还特别的酷。这里的酷，不是指牛皮靴子、紫色短发、抽烟和粗口，真正的酷是透彻的观察力和行动力的结合——看穿那些没用的世俗戒律，知道人心眼儿里那些小卑俗、小计算、小软弱，并不能让你比他们更酷，除非你能抛弃那些戒律，比别人更干脆、更高明、更快、更强（哦哦，不是奥运会），你能看清楚，你还能付诸行动利用男人的弱点，把他们击垮，既不犹豫也不后悔，拍拍靴子转身就走，这才叫致命女性的酷。

哎，谢天谢地，致命女性不是真的。就像前面说过的，她们是男人造出来的别样理想，是皮格马利翁的另类象牙少女。 在豆瓣网友对《死亡证据》的热烈讨论中，有一个男人的留言最直截了当："男人需要你们，女权者们，加油！ 再努力一些，争取让你们更加与众不同，来激起我们沉睡已久的暴力和欲望……"原来是这么回事。

定　价

　　大晴天的，苏丝黄在北京，跟孟苏在蓝色港湾的单向街书店聊天。 蓝色港湾这个地方，就想法和设计来说，都极其恶俗。在北京城里建一个美国郊区的商城，搭的是古罗马风格、美国城郊风格、三里屯酒吧街风格的各种混合，中间偶有民工丁丁当当地敲打结实度非常可疑的脚手架，真是疯狂啊。 但是在阳光灿烂的下午，坐在这里看到朝阳公园的绿柳，最近的高层建筑都在几百米开外，你一时间还真搞不清楚自己在哪儿。 这种让人发晕的感觉还挺好。

　　孟苏回来办点事儿。 一般出国的人回来办事儿，通常指的是买衣服啊、补牙啊、每天做个按摩啊什么的，间歇地就着北京焦糊的空气发一下思乡之情，说"真想念北京"之类大家听了都高兴的话。

　　女人在一起聊天，要是不聊到男人，那是不可能的，但是你确实注意到，聊到男人的时间越来越短了，越来越多的是生老病死、工作爱好，如果你到老人院里去，老人家聊的净是痔疮什么的。生活从来不会一成不变，总是充满惊奇。

当然也会谈成人话题。"你知道有部老电影叫《桃色交易》吗？"孟苏问。

"知道。黛米·摩尔。我就觉得她剪那头学生头实在没什么好看的，胸倒是货真价实。"

"嗯……我有个前男友，跟我看完那部电影就问我：'给你100万美金你睡不睡？'"孟苏说，"我当时想也没想就说：'睡！'那可是20世纪90年代啊，100万美金！睡完了咱俩拿这钱干啥不好？"

苏丝黄呻吟："那个时候流氓罪还要判死刑的，你就那么说啦？"

"是啊！"孟苏说，"说完丫跟我急了。"

是啊，能不急吗？他没有100万美金啊。

"可是人家后来的女朋友，就说不睡！"孟苏说。

"那不是北方姑娘吧？"苏丝黄问。

"嗯，是南方姑娘。"孟苏说。

北方姑娘可以考数学全校第一，但是她们只知道算数。算完数之后，赶紧掏心掏肺地交答卷，答案是全对的，但她们还是很傻，因为有时候不该交答卷。

后来，孟苏还讨论过一次这个问题。那是在锡林郭勒一个破机场里，她跟她的女老板做完一单企业资产评估的活儿，心情轻松愉快，开始继续做数学题，"给多少钱才会跟一个自己不喜欢但是想跟你睡的人睡"。

这里面涉及的变量太多了，多到一点也不色情的地步：该男人一口坏牙或者没有鼻子，或者老得脖子像火鸡，或者已经完全不行了……"比如那边那个，500万，这个的话我可以倒贴钱。那个……打死我算了。"各种变量导致的定价变化简直让人想吐，但结论是不变的：这个世上的一切都可定价。对一个投资咨询公司老板来说，这是多么让人欣慰的发现。

但是这些发现很容易被尚未找到幸福伴侣的人扩大化，变成恶毒的两性战争。在选择伴侣时，女人会说，在统一市场价的情况下，还有其他可添加的变量。比如，同样是两个经济适用男，你肯定选那个体贴你爱护你的，而不是眼珠子总是跟着每个姑娘转的那个。这些都是大家默许、但爱情片里绝对不能谈到的东西。也不能在各色论坛里谈，因为会被一些愤怒的男人骂死，虽然这些人也有另一套定价标准：漂亮处女大学生，顶级商品；不漂亮、非处女次之；30岁左右，非处女，大降价甩卖；再往后，离过婚的，那还能叫女人吗？应该倒贴大放送，等等。这样激烈的两性互相攻击每天都在网上发生，要是有个外星人每天在观察我们的论坛，它会以为我国男性和女性的基本关系就是互相仇恨。但我们都知道这是胡扯，苏丝黄有个朋友第一次结婚就娶了一个离过婚有孩子的女人，生了个漂亮孩子。另一个朋友在约会一个大他十多岁的女人。这两对都不算多富裕，所以都跟大笔的钱没关系，更不要说100万美元了。

最近《中国日报》上的新闻说，未来的富人阶层可能会变异为新的人种——他们可以通过各项生物技术去掉基因中的缺陷，变得更强壮、漂亮和长寿。 当然随着物价飞涨，要变成新人类，仅有 100 万美元肯定是不够的。 想想看，以后如果你有病、长得丑，就意味着你没钱。 你没钱，就越发有病、长得丑。 这才叫人揪心呢。

卡宴猜想

2010-5-3

　　先引用个北京人都熟悉的段子：俩同事一大早开车往公司赶，等红灯时旁边停了辆卡宴，里面是个美女。同事放下车窗瞄了一瞄，很自信说："肯定是二奶。"可能声音有点大，被美女听到了，看着有点不悦，刚好绿灯，他们撒腿就跑，只见卡宴一脚油追上来，放下车窗，冲他们喊："见过二奶这么早上班么？（此处略去一字。）"

　　网上看热闹的一片哄笑，说什么的都有，有替那位美女不平的，更多的是说风凉话，有的说："当然没有，明明是下班……"

　　见美女开好车就说是二奶，因为常规如此，但是说话的人，心里可能也有不平。如果是个女人，多是因为嫉妒，愿意想象这个又漂亮又有钱的女人道德败坏、注定终身做地下情人独守空闺。如果是个男人，可能是因为不自信，愿意想象这个女人虽然又漂亮又有钱，到底还是靠男人才能如此，不然她就更像一个威胁，而不是欲望对象。所以，一个又漂亮、又有钱、又独立的女人，既不讨女人喜欢，也不讨男人喜欢，除非离得距离够远，就像母狮子，必须中间隔有个栅栏，人们才能安心欣赏她的闪亮毛发、矫健和凶狠。

但其实还可以就卡宴美女做不同的猜想。即便是漂亮又有钱的女人确实是二奶，难道就真的跟大家以为的那样，坐在情人买来的豪宅里涂指甲抹眼影，化完妆出门买名牌包包和性感内衣，手机24小时开机等待召唤吗？不过，这样"经典型"的二奶，看样子是越来越少了——不是因为男人更忠诚了，而是因为他们更会算账了。

在城市里，越来越多"经济型"二奶涌现。这样的女人自己有好工作，但是阴差阳错，不幸跟别人家的男人好上了。"经济型"二奶的日子，过得非常辛苦，因为自己经济独立，不太花男人钱，还老给男人送大礼，送个枕头也要2000块以上，自己未必舍得用。不仅如此，但凡有点机会，不管多忙多累，都要想方设法跨省越国，前往赴约，自己买机票。要不，开着自己买的好车去接情郎。

考虑到人类婚配的时候大多数是要求男的比女的强（据说男性收入是女性的两倍，婚姻最为牢固），而大城市里充满了越来越能干的女人，比她们能干两倍的单身适龄男人变得极其难找，并且通常已经婚配。情感无所依，走错路的机会自然增加——这是个数学题，算的是概率，总有人要不幸地落到概率的另一边。

不过，不幸的虽然是这种关系有因无果，对男人而言却总是

好的。 经济型二奶因为实在经济实用，已经渐渐取代了经典型
二奶的地位。 而且因为她经济独立，抛弃她的时候，男人心里
歉疚也少一点：反正她没我也能活下去，这是爱吗，爱就在一
起，不爱就分开，跟钱都没关系。 讲起来还蛮真性情、真洒脱
的，就像《银河系漫游指南》电影一开头那些离开地球的海豚一
样，一面腾空后滚翻飞向宇宙，一面对女人歌唱："别了，谢谢你
的鱼。"

《金融时报》上的一个专栏里还有一篇文章专门分析过邀请
女人吃晚饭的成本问题，中文网读者留言说：请女人吃饭，当然
是有目的的，这也是投资，达不到目的投资就会被收回，女人难
道不明白吗？

这样的分析逻辑，一点没错，不过让人心寒而已。 然而这
账不好算，比如说，接受请饭的女人要是喜欢这个请客的，跟他
回了家，结果就是为了感情把自己贱卖。 那么如果女人明白过
来了，她下回遇到一个自己喜欢的人请饭，争取面子的惟一办
法，就只好是抬高身价，拒绝两顿饭就回家，但是一直想法吊着
这个人，直到他的"投资"足够丰厚为止。 或者，要为了得到对
方尊重，就一定要抢着埋单——若是情人关系，为了避免自己
"被包养"的印象，抢着埋单还越发地拼命。 古人掷千金只为红
颜一笑的传说，已经彻底沦为传说。 如今这世道，情人之间样
样算钱也就罢了，更可怕的是，很少人还相信钱之外确实有其他
的东西，结果搞得情郎不像情郎，二奶不像二奶的。

比较与诱惑

2010-5-21

苏丝黄的朋友意面，是一家意大利餐馆的老板，以前做过服装设计，直男里头当属罕见。意面当年大学毕业，不知为啥喜欢上了服装设计，买书来看，自学成才，得了几个国内服装品牌搞的全国大奖。最后一趟去日本比赛时栽了，不是因为设计得不好，而是因为当时太穷，凑钱买到的皮料只够给 1 米 6 的模特做衣服。而后呢，那皮衣被个 1 米 75 的模特给穿了，台上走出来跟犀利姐似的，大丢国脸，从此心灵重创，多年之后还在叨叨。

但是服装设计这段经历实在宝贵，他还总结了好多道理，其中最重要的一个，是跟苏丝黄聊天时说的。苏丝黄问："女人穿衣服到底是给男人看，还是给女人看的？"

意面说："当然主要是给女人看。"

他解释，穿给男人看，是为了诱惑；穿给女人看，是为了比较。诱惑和比较之间，比较是更容易的——我只要跟别人不一样就好了，别人穿文青棉布大长袍，我偏多一条红色腰带加红色高跟鞋；或者大家都扎红腰带，我偏扎蓝的；或者在好端端的衣服上随便哪里剪个口子；头上顶一卷卫生纸式的帽子，都可以。每天出门皆是惊险刺激大冒险，因为有全城的女人一起比拼，每时每刻总有相对的优越感。哪怕自己一身牛仔水桶装，看到人家穿漂亮淑女裙，暗里照样还可以"喊！"一声，觉得自己更有个性，是真极品。

然而要诱惑男人的话，就没有那么简单。诱惑是绝对的，男人要么被诱惑了，要么没有。

"诱惑和比较之间，比较是更容易的。"意面说，"所以女人穿衣，主要是为了相互比较，这样乐趣来得容易。"

这是一个认为理解女人的直男的看法，然而事实证明，他其实还并不真的了解女人。

女人穿衣，确实主要是给女人看的，然而像任何工作一样，一个对自己要求高的人，不会轻易获得满足。进入高层次的比较竞争，其实比诱惑难多了。诱惑大多数男人，犯得着费那些心思吗？哪里用考虑肩膀上一条印花丝巾该怎么扭转，只要穿身合适衣服把曲线勒出来，脸上妆化得自然点，上面露条沟，或者下面露两条腿，其余的东西，有多少男人能看出区别来？有多少次你的男朋友问："这是件新衣服吗？"而其实这衣服你早就穿过好几次了？

如果男人还年轻，他们的观察力就更弱。大多数年轻男人都会告诉你，他们喜欢女孩子不化妆，非常老实，不要做整容手术，等等。但是，如果一个女人一脸黑黄却从不抹点儿颜色，老是穿过季的棉布衬衣，很老实地对男人说担心以后没钱给孩子买进口奶粉，她能获得多少二次约会的机会呢？她会不会发现，对面的男人老是在看邻桌化妆精致的苗条女孩的黑丝袜腿，虽然那腿显然是抽过脂的？总体而言，男人经常连自己真正喜欢什么都搞不懂，还得靠女人告诉他们。

"对啊，"闪闪说，"我每次出门跟男人约会，只要花 10 分钟挑衣服，跟女朋友吃饭，倒要花半个多小时！"

因为女人能看见你裤腿上那条脱线的线头，女人知道你这件衣服是在秀水买的，女人会发现你脸上比上周多长了一个包，还毫不留情地问你最近是不是肠胃不好，女人会把一条自己不合适的裙子给你，又告诉你应该配着白色棉质上衣穿，千万不要配黑色闪光 T 恤！这样爱恨交加的关系，实在是绵延深邃、让人难以罢休。

公道地说，有少数男人，能真正了解每个女人的独特之处，不光是衣服，还有衣服之下的精神。当年法国导演阿萨亚斯说过，女人的美有好多种，但张曼玉那种十分罕见，有内在的疯狂。当然，疯狂跟时装还不一样，不能随便带在眼睛里上街，如果不跟美配在一起，只能引起恐惧。要看到、欣赏并消化这样的美，也不是很容易办到。到底，两个人还是离婚了，因为各自只能为自己的世界疯狂。

苏丝黄在 1949 西餐馆外面跟闪闪胡聊这些的时候，穿深紫色衬衣的服务员刚端来了芒果奶昔。 闪闪忽然说："你今天穿得真好看哎！"

苏丝黄穿了件深紫色棉布贴身连衣裙，肩上搭了灰色三层荷叶边同质地小外套，米色腰带和米色加棕色坡跟鞋，戴的大墨镜把黑色眼袋遮住了。 闪闪是时尚人士，她说好看，苏丝黄还蛮高兴，正要道谢，闪闪又说："不过跟服务员的衣服撞衫了啊！"

一个女人，如果没有这样的朋友，怎么能生龙活虎地活下去？

白　日　梦

2010-10-18

　　"要是我挣了很多很多钱……"

　　寒流到来前的一个明媚下午，闪闪半躺在一家四合院咖啡馆的沙发上做白日梦，旁边还半躺着两个女人，一个是苏丝黄，另一个叫爱玛，是个不用做白日梦的女人——她已经挣了很多很多钱。

　　闪闪说："要是我挣了很多很多钱，我就只买三套房子：北京城里一套，郊区一套，再在意大利 Ravello 买一别墅。"

　　苏丝黄喝了一口茶，不说话，因为她知道自己这辈子也不可能有这么多钱，所以她懒得去想。爱玛也不说话——她已经有了这些房子，虽然第三套不在意大利，在法国。

　　"然后，"闪闪说，"我就去学人类学、雕塑、数学和舞蹈，每年拿四个月时间去旅行：最冷和最热的四个月。在全世界参加最酷的大爬梯，不让我进去我就贿赂他的门房，穿得像 Lady

Gaga 一样地进门，然后装成醉鬼往当场最贵的晚礼服上泼酒。"

"服务员！"苏丝黄呼唤。 服务员一溜小跑过来，弯下腰。苏丝黄说："能给我个水果乳酪蛋糕吗？"

"再来一个绿茶的。"爱玛说。

"爱玛，你没有钱之前想过这些事儿吗？"闪闪扭头问。

爱玛说："想过。 不过我那时候第一想的是男人。"

"喔对！"闪闪大声说，"我怎么把男人忘了。 不过我想，要是我有很多钱，做了整容又穿漂亮衣服，又老去爬梯，肯定就不缺男人嘞。"

爱玛微微一笑："你真是乐观。"

闪闪一骨碌坐起来，说："给我讲讲，实际情况是怎么样的？"

爱玛说："哦……那就得看你要找什么样的男人了。"

在我国，如果你又漂亮又能干又有钱又有追求，要是你还按着中产阶级的理想去找，找一个比你有钱、比你强的男人，那将是一条坎坷的道路，因为那条路上的男人都已经结婚，或者找女影星去了。 你可以做小三，但那不是中产阶级的理想。 这情况在 90 后那里就会改变，不过现在还不行，现在那些有钱人脑子里还有好多陈旧想法，其中一个就是：尽可能躲开有脑子有主见的女人。 每个有钱人都希望在家里做迷你国王，不然他赚那么多钱干吗。

"如果你不找那些人，你也可以找一个不一样的：年轻、帅气、身体好、单纯、死心塌地喜欢你。 那是蛮容易的。"爱玛说。

闪闪说："我什么都愿意尝试。"

爱玛笑笑："到一定年龄,你就会想要孩子,你什么都有了,肯定会想要个孩子。你还会想要固定一段关系,这样就可以有一个人总能听懂你说话,性生活安全,还能真正爱你的孩子,你孩子也会真正爱他。"

闪闪说："对,我也不希望家里搞得跟以巴边镜似的。"

"那就最好结婚。"爱玛说,"不结婚的话,男人会觉得你不爱他。"

闪闪非常纳闷："不是女的才会这样吗?"她看了太多男人逃婚的故事,以为大多数男人如果有选择的话,都情愿不结婚。

"两个人如果强弱悬殊,弱的那个,不管是男是女,都需要强的那个来求婚。"爱玛说,"不然这个关系总会有问题。谁心底没有点小自卑小心思?"

闪闪可以接受这个,她心胸很宽广。

"然后你就一定要做婚前财产公证。"爱玛说,"这样你就可以有一段快乐幸福的日子,又不为未来担忧。"

苏丝黄问："你做了婚前财产公证吗?"

"如果我再结婚,我肯定要做。"爱玛说。

"你爱他,他又死心塌地地爱你,为什么要做财产公证呢?"闪闪问。

"人是会变的,你没法预测这些变化。我见的太多,不管是谁,都可能会变的。不管他们变不变,你至少都得有自己的钱在口袋里，钱只听你的。"爱玛说。

"可是我觉得，签婚前协议太破坏感情了。"闪闪说，"怎么讨论这个问题呢？'我爱你爱得要死，不过我的钱要留给自己。'结婚不就是经济联盟来的吗？不然带个戒指宣誓一下也可以，何必去法律登记？"

"如果我死了，钱都是你的。"爱玛说，"这也是条款之一啊。"

"如果十年之后死于慢性中毒，或者精心设计的车祸呢？"闪闪问，"你说人总会变的。"

苏丝黄被一口蛋糕噎住。

爱玛说："如果你倒霉，那该来的总会来的。"

"那还公证干吗？"闪闪问。

爱玛说："人生最悲惨的事，是人没死，钱花完了。"

闪闪盯着爱玛看了一会儿，说："我真的是太乐观了。"

夫人文学

2011-1-29

苏丝黄以前和一个女朋友谈过少女时期的梦想，那个朋友说，她小时候希望长大了要么做个压寨夫人，要么做个大使夫人，或者类似的夫人，总之是跟着男人吃香的喝辣的，又不必自己太操心劳累的那种夫人。

相信很多女孩子都有过这样的梦想，不一定是光想着有钱人，要求更高的，会希望夫君又有钱又风光。国内出版商应当多考虑这样的白日梦所产生的需求，出版一套"太太丛书"，专找此类夫人来写自传，为有志搭便车的少女们励志。比如杨利伟的夫人，董建华的夫人，周文重的夫人之类，讲讲她们从厅堂和厨房里（卧室写不写没关系）看权力世界的故事，类似马赛绸缎商之女安娜玛莉·沙林格写的《我与拿破仑》那样的作品。在这样真实的自传面前，没见过世面的文艺女青年写的小鸡文学简直不堪一击。

不过，这种太太作者，人要聪明，写出来的东西才会好看。不该有鸡犬升天的傲慢，也不能乏味地只谈锅碗瓢盆。聪明的太太是混进权力世界的间谍，能满足旁观者最深切的好奇心。要是再有些幽默感，那就是极品了。

这样的极品，在英文世界里更多见，因为英文世界里，人们对嘲讽的态度更宽容。苏丝黄最近发现的一个，就是约瑟夫·斯蒂格利茨的夫人。斯蒂格利茨是美国经济学家，得过诺贝尔经济学奖，跟全球不少政要同过桌，回答他们向自己提的问题。但是，谁会关心斯蒂格利茨夫人是什么人呢？

但是这个斯蒂格利茨夫人，最近写了一篇《达沃斯那些嫉妒的情妇们》，大受欢迎。"达沃斯的好处，在于它让每个人都疯狂地不安。无论亿万富翁还是国家领袖，人人都认定自己被安排在最糟糕的旅馆房间里，参加的是最没意思的一场分论坛，还被排除在最重要的活动／最有趣的私人宴会之外。世界经济论坛创始人克劳斯·斯瓦布的天才之处，就是他能让几百个成功商人，付上几千美元，来参加一场以全面羞辱和偏执狂为基调的活动。"这种兵不血刃的尖刻，简直直逼简·奥斯汀。

和奥斯汀一样，斯蒂格利茨太太段数高明，刀锋一转就朝向了自己。"太太们对丈夫们的痛苦十分同情，但我们有自己的问题要面对。说到底，我们是达沃斯的梯子最底下那一级。"因为达沃斯的要员太太们，都必须带一个"终极耻辱章"——个白色的名牌。白色的名牌，是跟其他人各色的名牌区别开来的，你没有身份、没有地位、没有职业，就是个陪同。你要是站在别人面前，别人就会立即把目光转开，寻找比你更有价值的谈话对象，在达沃斯，脸不如名牌重要。

你以为太太们已经很可悲，其实还有比太太们更可悲的，那就是达沃斯的情妇们。在达沃斯，情妇们就算偶尔混进各种活动，也难有立锥之地——达沃斯是权力勾搭之地，主要不是泡妞的地方。这些"骨瘦如柴、衣着光鲜的情妇们"，在百无聊赖地等待把她们带来的男人从会场上归来时，眼光如刀横扫满场，只待摧毁一切潜在的竞争对象。据谣言说，有一批野心勃勃的情妇兵团，每年得不到邀请也到达沃斯来，在酒店和街道上"扫大街"，希冀捕获高级猎物——她们是"达沃斯情妇最可怕的敌人"。

"夫人、情妇、女朋友。我们是寄生虫，是世界经济论坛这个大马戏团里的清道夫鱼。"我们简直从中听到了马克思的口吻，一个多么聪明的女人啊。

不过，讽刺是弱者最好的武器。归根结底，显示自己的聪明，并且娱乐他人，可以让自己获得一点平衡。只是这种满足转瞬即逝。有个奥斯汀传记作者说："我不知道奥斯汀到底长什么样，但是我知道，一个长得很漂亮的姑娘会忙于满场跳舞，而不会有时间在角落里观察别人的举动言行。"不管是男人还是女人，被放在寄生虫的位置上，总难免心灵受创。我们不再生活在18世纪，女人们的竞争早就不再局限在争夺夫君上了。其实，太太们"最可怕的敌人"，是那些比她们

更能干、凭自己的能力得到权力世界一席之地的女人。 斯蒂
格利茨太太没有写到那些在达沃斯会场上左右逢源的风云女
性，其实她们才是太太们心头最深的痛，而最深的痛是没法说
出来的。

色·友

2011-1-12

假如你是个还在寻偶的女孩子，假如你有一个很好的闺蜜。

这世上有三种女人：女人的女人（拉拉），男人的女人（只跟男人混，没有闺蜜的女人），还有第三种，大多数女人都是这样，介于二者之间。

如果是第三种，你们的友谊可能有一种常见的发展轨道，虽然当中这里那里都会有点不同。

青春期的时候你们俩看似好得不可开交，天天泡在一起，但是又免不了时时攀比：穿的衣服拿的薪水，今天明天见的人去的爬梯，谁多了一点谁少了一点，谁被男生追了谁没有。输了的那个，心里就有点硌，总要在下一个机会里找补回来。

这些小心眼的东西好像在青春期很常见，因为那时候大家都在"塑型"阶段，还不知道自己将来能成什么模子，于是只要是好的，都想往自己身上套，看见人家好的，就难免心虚眼红。这也是为什么传统文学里会贬低女生之间的友谊。不过，这种贬低是灯下黑，男生在追同一个女生的时候，情形也好不到哪儿去，不过他们更能掩饰自己的嫉妒罢了。

等到小姑娘慢慢长大，该成淑女的成了淑女，该成妖精的成了妖精，该成文艺女青年的成了文艺女青年，各自找到了喜欢自己这款的"特供市场"，被彼此压过风头的可能性越来越小，这种折磨就少了很多。而且这个时候，她们开始发现男生来来去去，反而闺蜜留在身边的时间更长久，这时通常才会生出一些真正的姐妹情感来。

闺蜜之间，外貌、经济、家境、事业各方面条件通常差不多，不然很难有共同话语。这两人之间会形成一种很微妙的动态平衡，不会再因为一件衣服而互相嫉妒，但是她们相互比较的习惯是不会变的。比如，两个女孩子一起去同一个爬梯，到了那儿，两人相中同一个男的，一个明着搭讪，一个暗着送电话号码。通常的结果是谁也没得到那男的，但是如果其中一方得到了，这友谊基本也就毁了。

不少寻偶期的女孩子，就这样，一个个毁掉了自己的闺蜜关系。而在外出交往的时候，也变得一根筋——只跟男的搭讪，不再结交新的女朋友，以为这样自己走的才是康庄大道，不浪费时间直奔主题。更愚蠢的是苏丝黄的一位女朋友，因为在每个爬梯上都急着展现自己、压倒别人，结果女朋友们越来越不愿意请她去爬梯。

她发现，她们的寻偶之路越来越窄，到后来变得很孤单，看

什么都不顺眼，又越发不愿发展新的女性友谊，于是造成恶性循环。这就是传说中的"重色轻友"，这不是品质问题，是社交智商问题。

美国《环球科学》最近的一篇文章说，20世纪90年代有一个研究配偶是怎么相识的全美普查，68％的受访者说，他们与配偶是通过两人都认识的某个中间人介绍的，只有32％的人是"自我介绍"认识的。即使是短期性伴侣（比如一夜情），也有53％的人是通过别人介绍的。所以，尽管萍水相逢的事情偶有发生，小部分人也确实无需他人帮忙就找到了伴侣，但是在多数情况下，人们和配偶结识，常常是通过朋友的朋友或其他人际关系实现的。现实生活中的人际关系具有非常复杂的网络结构，很容易衍生重重机缘。假如你正单身，有20个关系不错的朋友（熟到对方会邀请你参加他的派对），他们每人又认识另外20个人，这20人每人又有20个朋友，这样，仅通过三层人际关系，你就可以结识8000人。

知道了这些，你就很难明白，为什么女孩子不能热切地结识新的女朋友。寻偶明明是共赢游戏，偏偏搞成零和游戏。这等于削减了自己80％的寻偶机会——你认识的男人，是不会给你介绍别的男人的，但是真正好的女朋友，就会。

你当然也可以去约网友，不过那种筛选过程，十分累——没有朋友预先替你筛一遍，你永远不知道这一次约见的人，会是个人，还是条狗。

当然，抱着泡男人的心态去骗女性友谊，也不对，这样只能更糟。 一个好朋友能给你的东西，绝对要比男人多得多。 为什么一些女人的心里，只能关心自己那点要求，而不能敞开了，去发现点别人的事儿呢？

回到苏丝黄前面说的那个女朋友，她后来发现，在夜店里转来转去，遇到的不是假唐璜就是小偷。 她现在也还在晃着，跟不同的 Gay 蜜一起打发时间，不知道什么时候才会明白这个简单的道理。

[再见苏丝黄] 文化的病

社会新闻

2003-6-9

苏丝黄的高中同学闪闪最近当了晚报编辑，负责社会新闻版，她以前是搞教育报纸的。

闪闪经常穿着黑色长靴在朝阳区泡酒吧，跟人谈后现代文化，回办公室就板着脸编那种"受骗少女跳楼，只为不当三陪"，或者"禽兽父亲遭严惩"之类的稿子。

苏丝黄很受不了，跑去问自诩知识分子的闪闪："改行不能这样改法，为什么不开知心大姐专栏？"

"因为这个版男人读得多。"闪闪说，"要造福人类，必须先造福男人。"

"你是说只要先满足男人的偷窥欲，我们就能战胜'非典'？"苏丝黄说。

闪闪说："你知道我们报纸的最大读者群是谁？街坊邻居。这些人很少买碟看碟，就看个小报。报纸要丰富他们的业余生活，好比'非典'时期，大家待家里闷着，电视剧又那么烂……"

"你们那些小记者到处往娱乐场所窜，不是很危险？"

闪闪大笑："你以为！好多都是坐在家里写的。"

苏丝黄浮想联翩："那不就是拓展自己的性狂想？"

"你倒试着一天一篇不重样的写写看。"闪闪的职业自豪感横溢，"用不了一礼拜你就得歇菜。"

"为什么很多人要看社会新闻？"

"那有什么奇怪呢？美国有一个很了不起的杂志设计师，叫亚历山大·李伯曼。他曾经改变了美国妇女对时尚的看法。他家里满墙贴着色情暴力的小报，用来刺激灵感。社会新闻就是故事、短篇小说。"闪闪对外国文艺很有研究。

苏丝黄觉得这个典故可能也是编出来的，就拐了个弯子："我觉得是不是因为性是隐秘的话题，大家都有打破禁忌的冲动？"

闪闪惊讶地说："当然不是。我们已经坐在人堆里谈这个谈了半个钟头了！你想想我们能不能谈论对方的薪水，你对我的意见，中华文明的定义，你那个包的价钱，信仰，还有皮肤病？"

苏丝黄发现，要打破我们这个开放社会中的种种禁忌，你根本不必变成摇滚乐手。

《史努比》里的莱纳斯说：永远不要和别人谈论政治和大南瓜，但是，你确实可以和查理·布朗谈论金头发姑娘。圣·埃絮佩里克在《小王子》里说：不要和成人谈你那幅吞象蛇的画。

两周后，苏丝黄和朋友大力吃午饭聊天，大力忽然说："最近你好像看多了惊险小说，说话味道不对。"苏丝黄把闪闪的话告诉他。

"我记得一本书上说，经济生活分两大领域：生产和消费；社会新闻记者觉得，性活动也只有两大领域：健康的和病态的。"苏丝黄说，"简称两性。"

"还有电子的。"大力说。 他30岁才学会上网聊天。

所有的社会新闻都用吓坏了似的纯洁表情描述病态性，它们用很多的"竟然"——"这个衣冠禽兽竟然……"。 好像经历了两次大战和卢旺达大屠杀，文明人还有什么干不出来似的。

健康的性条件多多，让"生产和消费"相形见绌：你年满18岁，只选择异性，性伴侣相对固定，两厢情愿，不能有婚外关系，不能有亲属关系（表亲也不行，有一条新闻叫"亲表兄妹要结婚，居委会苦口劝退"），不能有金钱交易，体重最好不超过200斤，不能有重病或重大生理缺陷，不能有过多婚姻经历，不能在性生活过程中出现任何意外，比如心脏病突发……

"这么复杂？！"大力被吓坏了，他这方面记性很糟，连女友爸爸的名字都记不住。

"当然经常有人忘记一两条啦。 他们就上了社会新闻。"

大力忽然一阵狂咳。

"社会新闻是不是我们时代的教会、妇联或者风化监察组？"苏丝黄问大力。

"社会新闻卖钱，教会、妇联和风化监察组不收费。"大力在城管所工作过，对收费问题很敏感。

苏丝黄恍然大悟，社会新闻的价值和文学作品基本相同，惟一的不同是目的。社会新闻培养了一项文明社会从来没有的新习惯：为了知道什么是病态性，你得付钱。

至于大力，他受到这番健康性教育后也养成了个新习惯，每次结交新女友之前，他都要问一声："你妈贵姓？"

沟　　通

2004-12-28

意大利作家乌伯托·艾柯说，判断情色电影的标准就是，如果从 A 点到 B 点的距离长得让你难以忍受，那它就是一部情色片。

也就是说，准备阶段的长度决定了情色片的性质，摩擦的长度与之无关。

在寒冷的、不宜出行的冬季，苏丝黄和晚报社会新闻版编辑闪闪讨论各国毛片的差异。

香港毛片：不知是否是文化传统的关系，香港毛片导演塑造的人物千篇一律，女性全都不会用嘴说话（用鼻子），男性在表达欲望时就那两个词，笑起来仿佛都被掐住喉咙——不知他们为什么认为这样发音的方式尤其性感。除此之外，演员大多缺乏锻炼，身体乏善可陈。

日本的就更奇怪，女性永远像一堆只有生理反应、不能正常

文化的病 | 265

动作的肉。 女性的服从是永恒的主题。 但是值得注意的是，在有些日本的情色片里，即便是强暴，也是有足够准备的。 施暴者到处拨弄来拨弄去，绝望地寻找关键点，以便在最后让大自然证明它的力量——证据就是被施暴者愉快的尖叫和液体。

当然，没有比美国的毛片更差、更没有想象力的了：女性的愉快根本可以忽略不计，绝对服从没有任何回报，只需进入三个管道（有时一个，有时几个），进行长跑般漫长的、单调的摩擦，演员和导演的任务就完成了。 观看这种片子10分钟，一个有正常性生活的成年人也难免哈欠连天。

在比较好的传统法国片情色里，通常开始的时候会有一些对女性之美的赞叹，但是现在在美国文化的冲击下，连这个也渐渐省了。 脱衣服这个非常性感的过程也省了。 从相遇到长跑式摩擦只需3分钟，摩擦57分钟。

"即使是欲望也需要被说服。"苏丝黄说，"如果一部片子不能说服我，我就会毫无反应。"

"那是你！"向来和苏丝黄文化精英主义作对的闪闪说，"想想我国下一代那些可能找不到老婆的男人！"没有人知道该拿我国面临的巨大的男女比例失衡怎么办，单靠打击黄色出版物和音像制品是解决不了问题的。

闪闪认为，生殖器和大脑间时有沟通，有时两者间沟通频繁，而有时生殖器拒绝沟通——它自己决定该干什么。 这就是为什么，即使最单调的摩擦场景也能对很多人起作用。

毛片的市场取决于一个国家的荷尔蒙水平、文化禁忌程度、社会性别组成失衡度和性生活糟糕程度，等等。这几项指标越高，毛片的市场越大，因为它们是阻断生殖器和大脑间沟通的最有效因素。

苏丝黄提起英国作家朱利安·巴恩斯的一部犯罪小说。小说里的主角侦探走进一家三级电影院，然后对读者说："我的生殖器认为，这是一部非常糟糕的色情电影。"

闪闪嘿嘿一笑，她满脑子都是社会新闻版里那些生殖器和大脑沟通失败的例子。不过她决定不要和苏丝黄辩论，因为谁的生活也替代不了另一个人的生活，生殖器的状态更是如此。

动　力

2005-9-11

晚报编辑闪闪最近回乡省亲一趟，很郁闷。

先是遇到了中学时候的小帅哥，微微驼背，一脸灰蒙蒙，牙缝里色泽可疑，两条细腿在笔直的灰色西裤里晃来晃去，腰肢永远那么柔软，不是扭着，就是倚着沙发手、墙、柱子、柜台……看人时永远目光飘荡不定。

还有其他以前的男同学，比较得志的一个，发福了，穿着条纹球衫，坐在驾驶座上肚子快顶上方向轮，对闪闪说："北京有什么好？ 小地方才舒服。"说着，"叭叭"地按喇叭，吓唬前面颤颤巍巍过马路的老太太。

比较正常一点的，就木讷得像个瓜，长瓜、短瓜、苦瓜。

然后就是有烈酒的晚餐，卡拉 OK，毫无诚意的互相吹捧，拙劣的、小心翼翼的调情。 说是小地方，但是看不出一点纯朴真诚来，反而是闪闪显出一副没见过江湖的样子。

"一下子就回到 16 岁，"闪闪后来对苏丝黄说，"然后我马上记起来，当年为什么拼了小命要来北京。"

纯粹是因为男人的缘故。在闪闪 16 岁的想象里，北京之所以美好，不是因为天安门，不是因为首都，而是因为这里是优秀男人聚集的地方。高考的时候，她纯粹是抱着浪漫的绯红色梦想拿到高分的——到了大学里基本不搞功课，光顾着谈恋爱来着。

现在想起来，离开小地方还有一个很重要的理由：那样的地方，没有人可以有情感的个人主义。谈了三个男朋友还不嫁，就要被人怜悯。到了 30 岁还不结婚，就要被说亲的亲朋好友日夜骚扰。要是有点绯闻，或者是个同性恋，那就不要活了(看了李安得奖的《断背山》，才知道美国也一样，世界各国的小地方都是一样的)。

显然，自由地追寻理想配偶是一切文明发展的动力，就算不一定繁衍后代，这个规则也是不变的。奇怪的是，没有一本商业励志书籍上会直截了当地宣称：如果你很优秀，就可以随便挑选配偶。都是说得遮遮掩掩的，觉得不道德，或者怕得罪不优秀的人们。

苏丝黄笑着说："我有个德国女朋友米霄说，她判断一个国家好不好，不看建筑、不看风景、不看生活方式，主要看那里男人好不好。"

米霄从美国的大学毕业，满怀热情地到巴黎工作。刚开始的半年，夜夜大哭。她怎么也搞不明白，声名远扬的浪漫之都，怎么会这么冷酷势利。冰冷的巴黎男人让她爱上了一个热情似火的摩洛哥男朋友，不幸的是，热情的男人一进家门就变成迷你君主。她想来想去，觉得自己没有受虐倾向，就提出分手。摩洛哥男人很吃惊："我对你还不够好吗？我从来也没有打过你！"现在米霄就只好跑到中国来了……

苏丝黄最近看的英国历史学家的书，说情感的个人主义——对在小城镇里不被容许的爱情的追求，对19世纪迁往城市和新国家的伟大的人口运动作出了贡献。这个动力扩大到今天庞大的中国未婚女性人口上，算起来肯定让人吃惊。

都是米饭

2006-1-5

罗兰去参加管理培训，老师是个台湾人，而且是那种头发光如塑胶、只要情况需要能够保持 24 小时亢奋状态的人。

问题是，如果他真的很会管理大公司，为什么还会来做这么沉闷的教书工作？

说起沉闷，真是闷。

罗兰和同事们都快被他闷死了，所以他们开始找老师的乐子。

老师问："像秦始皇那样，为了事业把心爱的女人都杀掉，你们觉得他心里是怎么想的？"

学员们说："痛并快乐着……"

这群人够狠的，老师发现气味不对，转身向看似好对付的漂亮市场部经理问："你叫什么？"

旁边下属答："我们都叫她妈妈。"

"为什么？"

"因为我们广告部都是女孩子，每天要出去见客户的时候，妈妈就会说：'姑娘们，去见客啦！'"

……

这真不是苏丝黄编的，但是如果你看着眼红，想来这个公司混，别问苏丝黄是哪个公司，她是不会告诉你的。

中国人多有聪明才智呀，但是为什么，在公开场合，他们会是全球最缺乏幽默感的民族呢？

薇薇在看网上的征婚广告，给苏丝黄发了几个备选的人。

其中一个是身高180的博士，"三证"齐全的那种，长得倒是非常齐整。

但是苏丝黄一不小心看到了该博士的征婚广告：

自我介绍：我觉得自己应该很优秀，可就是没遇到合适的女友，有的人说我很挑剔，我觉得不是，希望缘分早些来吧。

理想对象：我的要求很明确：1. 身高165以上，2. 大学及以上学历，3. 年龄比我要小，4. 喜欢整洁，5. 身材好，6. 最重要的是要有感觉。

爱情宣言：我相信我不会令人失望的。

……

这只是全国千人一面的征婚广告之一，苏丝黄脆弱的心一下被这种克隆时代的恐怖图画吓扁了。

苏丝黄说："对不起，我不能为你参考，我想吐。"金庸说过，白米饭吃多了也是不利健康的。

你哪怕写成这样也好啊："男，48 岁。 正在生锈的男人，电脑迷，任何嗜好都不落伍。 欲觅能润滑自己的女人。"

不过，我国各大征婚网上的条件是：粗俗不堪的文字或性暗示等内容都不会通过我们的审核。

那好吧，写成像德高望重的《伦敦书评》上的征婚启事那样也行啊："我会在单身之夜和你见面。 我将是那个呼哧喘气、在艺术类图书架旁摸着腿的人。 哮喘、静脉曲张的女人（93 岁），寻找 30 岁以下男人，希望对方有足够力气将我推上邮局的斜坡。"

但是对大多数中国人来说，在公开场合最大的美德就是"无害"。 为了保持无害，他们互相帮助，把自己变成了一粒粒的白米饭。

阅读我国的征婚广告，就如同在一大锅米饭中，看到一粒白米饭对很多粒白米饭说："我最看重的就是感觉，最好是大粒的，比较瘦长的那一类。"

作为一个对幽默感稍有要求的人，苏丝黄还是吃面条算了。

FCUK

2006-8-30

　　从前，有一个叫爱丽丝的年轻英国女孩来到日本，她聪明、美丽、友善，对异国充满幻想，但是……

　　爱丽丝有非常美丽修长的腿，她每天穿着裙子上班。她的皮肤非常好，所以她从不穿长筒丝袜。但是一个月之后，她的女上司忽然在公司聚会时给她送了一份礼物：一打长丝袜。爱丽丝非常窘迫，她忽然明白，日本人可以一起看色情卡通片，但是不能看女同事不穿丝袜的腿。

　　在彻底成为日本女人之前（公司聚会时，她被赐予男人桌旁的坐席，因为外国女人和男人几乎平等），她有了一个日本男朋友。过程是这样的：他们在工作中结识，他们一起出去吃饭喝茶，彼此都有好感，但是从来没有暗示。爱丽丝学乖，先向一位久居日本的同乡请教。同乡曰：这般这般，爱丽丝大悟。下一次饭后，他们出门走路，爱丽丝悄悄把手挽住日本男人的胳膊，日本男人露出一丝笑意，还是什么也没说。

周末，爱丽丝邀日本男人到舍下小酌，以往轻松的聚会忽然变得非常微妙，令人羞涩。日本男人问：你在哪所学校上大学？爱丽丝曰：猜。日本男人说：如果猜对了，我就要吻你。他花了很长时间来猜对答案——饱受日本文化折磨的爱丽丝认为，这是她最浪漫的一次接吻。

沉默和含蓄并不总是浪漫的，事情忽然急转直下。一对英国朋友来爱丽丝家借住一段，日本男人恰巧来访，英国男人给他开的门。日本男人脸不变色，但是，此后他们之间再也没有恢复从前的关系。

"我怎么才能跟他解释，说那个英国男人是和他女朋友一起住在我家？"她说，"他一句话也不提，我不知道怎么开口解释。"不解释是糟糕的，但是越解释越糟糕。除了等着事情变得更糟糕，你什么也做不了——她带着对日本文化的深深遗憾打道回国。

文化差异就像那个英国品牌：FCUK。你明白对方说的每个字，你得到成千上万条文化专家的告诫，但是等你自己把它拼写出来，看上去也非常像你要的那个字。但是总有一个错误，你不知道出在哪里，最后只能，"FUCK!"去他妈的。

爱丽丝的前任是个美国男人，他们分手之前被邀请到一个日本朋友家聚餐。美国男人做了一道乳酪通心粉，越过通心粉盘子，爱丽丝看见一个金发碧眼、鼻子笔直的女人在摸美国男人的腿。爱丽丝记起美国男人曾如何嘲笑同班女生清一色金发碧眼、做隆鼻手术，如何夸她魅力独特。登时一阵热血冲上脑袋，她扳过美国男人的肩膀道："Thank you for the fucking great spaghetti.（真他妈感谢你的美味通心粉。）"抢起一盘通心粉，盖在他头上，还狠狠地碾了两下盘子。

她忽然明白，美国男人的赞美和沃尔玛堆到天花板的货物一样，是充足而廉价的，谁都可以花上几块钱带回家。

爱丽丝冲出门，但是发现自己无处可去——外面是荒山野岭，他们还得在这个朋友家一起过夜。她走了很久，回到静悄悄的朋友家。美国男人躲进了房间，满地乳酪番茄酱，只剩一个英国朋友坐在那里抽烟。英国男人是个男爵，看到爱丽丝进门，他非常紧张，但是他以最大努力保持了优雅。他清了清嗓子，问道："散步愉快吗？"

从此，爱丽丝的男朋友一律换成了英国人。这个故事是爱丽丝坐在中国的酒吧里告诉苏丝黄的，她们身边走过一些英俊的中国男人。

但是，当爱丽丝第二次掉进兔子洞，她学会了对看到的一切哈哈大笑，因为她知道这些都不是真的。

成 人 礼

很多人以为我们现代中国汉民族人没有成年礼了，其实不然。

我们的成年礼和别的民族都不一样，你可能觉得幸运，因为我们的少年不必像加拿大洛基地区的印第安人一样生吞活蜥蜴，不必像多哥人一样摔跤或者割肚皮，不必像坦桑尼亚人一样割要害部位，不必像刚果人一样把牙挫尖，不必像澳洲土著一样折断门齿咽下去，不必像秘鲁人一样跳八米高的悬崖，不必像墨西哥人一样背着大石头游泳……但是，这并不说明我们比他们更幸运。

我们的成年礼，可能是全球最复杂的成年礼之一，因为你一辈子都不会被当作成人。你永远是需要被指导的，从私人生活到对世界大事的看法，指导无处不在，从你爸妈到你大叔大姨，从居委会大妈到报纸电视——说起来也奇怪，这些人是从哪里得到自信的权威，认为自己有资格教训你的呢？

徐晓晓从小就希望自己快点长到 18 岁，这样就可以合法地行"成人之礼"。

到了 18 岁，她发现 18 岁的人如果行成人之礼，还是必须瞒着很多人，因为搞不好学校会开除你。

她想，好吧，还在拿父母的钱，当然不能说是成人，毕业工作了就好了。

等到大学毕业，工作了，她还是不能在任何地方坦然地行"成人之礼"，比如在旅馆——那时候的旅馆，男女同屋依然要出示结婚证。而且，这时候，妈妈开始日夜打电话，问她什么时候结婚："女孩子和男人同居久了，结果不好。"

那好吧，那就结婚。

结了婚，总算成人了吧？想得美，你不是还没生孩子吗？没有实现传宗接代的责任，你就得不到成人应得的尊敬——林语堂是这么向美国人解释的。

等到生了孩子，你觉得自己腰粗气壮了吧？才不，周围的人忽然都开始成了教育专家，各种令人发疯的教导冰雹般从天而降：当个沉闷的家庭妇女对孩子不好，但是当个忙碌的职业妇女对孩子也不好；不让孩子早点独立不好，但是不宠孩子也不好，孩子只有一个童年；孩子不趁早学习算术、音乐、舞蹈、绘画、轮滑、游泳不好，但是孩子压力太大了也于身心不利……你当然不懂，你年轻啊，没经验啊！

而且，在这个时候，你也不能坦然阅读、观看、描述"成人礼"的东西，不是不可以看到，但它们都是非法的。这还只是我们生活中不被视为成人的一个方面而已。其他的方面，1000 字说不完，而且也不是苏丝黄该说的话题。

我国的成人礼究竟到什么年龄才能完成？聪明的晓晓看出来了，还是应该趁早放弃这个奢望。就像笑话里的和尚安慰锅里乱跳的虾一样：阿弥陀佛，熬到 70 岁，你就不会受折磨了。孔子不是说了吗？70 岁的人"随心所欲不逾矩"，那时你就成人了。

所以，如果国际文化交流中心要编一本小册子，在讲到我国的成人礼的时候，他们可以这么写：现代中国的成人礼，没有仪式，在 70 岁完成。

重返八十年代

2006-5-7

春季花香馥郁，衣服轻了，闺房的墙壁薄了，双人床有点大了，三赔都感到需要拓展生活边界。这么巧呢，稍一拓展，就全撞上了。

大赔开一个研讨会时遇到了40多岁的老石。老石挺俊，平时独来独往，沉默寡言。但那晚大赔穿了件上衣扣子开到第三颗的套裙，跟他多笑了几下，老石就给她逗着了，晚上回去频频给她发黄段子短信，够直接的。

不过大赔发现，老石和她在一起话虽如滔滔洪水，但从来也不问她问题，也从来没有一句贴心话。最贴心的话就是："等我发财了给你买辆车。"根据目前情况来看，这个漫长而甜蜜的目标基本没有实现的可能。

而且，每次见到老石，他都板着个脸，大赔总觉得胃里沉甸甸的，只有上床时间除外。这感觉就像《聊斋》里面那块被道士变成美女的茅坑石头，抱在怀里美美入睡，一觉醒来，发现这东西又硌又冷，里头的暖意温情早已脱身而去，生怕被对方缠上。

小赔呢，一次出差去采访一个50多岁的熊猫专家老熊——该专家胖态可掬，头顶微谢，以前见过小赔。听说她来采访，热情之至，邀请她到了以后夜谈。

小赔给大赔说："怎么办？"

大赔取笑："把他办了！"

小赔哭脸："他的样子实在难办！"

大赔继续取笑："关了灯都一样。"

小赔想了想，还是哭脸："那就只好进门便说：'熊老，咱们关灯吧……'"

富有经验的中赔在一旁道："关了灯，区别更大……"

第二天，小赔得到老熊的热情招待，两人坐在一张沙发上聊熊猫的生活习性。

小赔偶然看到电视里熊猫的生殖器，大吃一惊："这么小？！"

"对啊，退化了，所以这个物种慢慢要灭绝。"老熊道，"人不也一样？"

一方面，小赔很为老熊的热情感动；另一方面，她始终为自己的不为所动难为情。谈话间歇时上洗手间，看见一把脏兮兮的缠满头发的断柄梳子，已经发出霉味破旧的毛巾，更增加了她的难为情——她要是缺少点同情心，那还好些。

热烈的谈话（也是老熊的自说自话）持续到凌晨四点，老熊停下来，也不看小赔，一只胳膊就搭上来了，好似随手揽棵白菜。

小赔陷入了困境，用英文来说，这种情况就是"Mercy Fuck"。很难翻译，有点像海豚和狒狒之间增加友谊的行为。这还不算太糟，糟就糟在老熊不停地逼问她："我怎么样？"

"喜欢我的身体吗？"他问。

小赔愣住了，思索如何能够不伤害他，又不太恶心自己："喜欢啊……像熊猫……"

话一出口，便知道错了，赶紧补充："我不是说下面……"

这一晚，她都在考虑如何脱身……

谁知道，生活里总有反高潮，第二天一早，老熊就对还没洗脸的小赔说："工作重要，千万别耽误了。昨晚什么事情也没发生！"

小赔回到单位，以头抢地。中赔笑得半死，一个对联就出来了：

上联：格格不入的石头；下联：渐渐退化的熊猫；横批：Mercy Fuck。

但是中赔笑得太早，因为她马上就要向两个不幸的同行求助了。

（二）

2006-5-14

闪闪的同事中赔，有个老同学给她电话："哎，亲爱的，×××在郊区开 party，你去不去？"

中赔英文不好，但"party"这个词还是知道的，虽然×××开的 party，想来都是中年以上的人参加，但是年不在长，好玩就行——说不定人到了一定的年龄，反而比较洒脱自在，比青涩少年要好。

她就去了。那天大家在城北一个地方集合，没车的都各自找到了有车的带着，唯独剩下中赔孤零零站在路边。

旁边有人说："吴老师的车还有个座儿。"

吴老师，20 世纪 80 年代风靡全国的诗人，年轻时很帅，老来头发也还茂盛，正坐在驾驶座上，斜眼看了中赔一眼。后座上两个近 40 岁的女子，正柔媚地屈身向前，向吴老师提问。

中赔小时候净贪玩了，没听说过吴老师，但觉耳熟。车开了以后，她给见多识广的大赔发短信："80 年代是有个诗人叫吴××吗？"

大赔答："是啊，咋？"

"我正坐在他车里。"

大赔呻吟一声。吴老师在 80 年代全民青春期时的确是风靡过，不幸的是全民已经成长而他留在了青春期，而且是青春期的背阳面：自恋（最喜欢用"我"开头），幼稚（不管是情感还是思想），造作（诗里头的眼泪攒起来能填个咸水湖，现在还在继续造湖）。

吴老师把一盒磁带往音响里一塞，开始播放他自己作词作曲的歌儿。

怎么说呢，你觉得吴老师这个年纪的人，如果只满足于划着小船上月亮的想象力，不是令人怜惜吗？

而且那曲子……学过音乐的中赔，望着车窗直想往下跳——人的品位一旦提高，活在这个世上经常是个折磨。更折磨人的，是后座那两个吴老师的中年粉丝，拼命躬身向前，额头都要顶上吴老师的背了："吴老师，您写得真美啊！"

"您怎么这么多才多艺啊！"

见惯场面的吴老师哼哼不答。

半小时后，大赔又收到短信："不然我把他的车号告诉你，你来把这车炸了吧。"

又过半小时，中赔眼泪汪汪地再发短信一条："我再也不嫌××丑了……"××是她们的共同朋友，是新秀，虽丑点，但至少不肉麻。

此时，虚荣心大获满足的吴老师对中赔这个一路不开腔的漂亮女士好奇了，屈尊问道："我的歌怎么样？"

中赔看了看吴老师，挤出个微笑："民族元素挺多的。"

吴老师愣了半晌，问她干什么的。

中赔开玩笑："写剧本的。"

吴老师竟然贴上来了："那，有时间给我看看吧。"明显要提拔后进呢。

中赔道："签了约，不让看的。"

吴老师越发上杆子："给我看一点，说不定我以后能和你合作写一个……"

两小时车程，没有出租车可以坐回去。到了目的地一看，跟克隆工厂似的，全是吴老师的一路人。互相赞美了一晚上，最后竟然都把注意力放到中赔身上来了。这么不露声色，大家又都不知什么来头，于是开始纷纷和她搭茬。

晚上，中赔筋疲力尽地躺在床上总结：第一，漫长的青春期总会让人恶心的；第二，重归看似美好的 80 年代其实也是很难受的，那时候成熟的人表面的强大和内心的弱小成正比；第三，明天坐谁的车回去呢？……

裸　　泳

2006-7-16

英国教授阿兰去德国玩儿，他的朋友领他去一个地方游泳。

他穿上游泳裤，戴上泳镜，冲了个澡，推开更衣室的门，踏入游泳室——

忽然觉得异样，所有的人都瞪着他，他是游泳室里惟一穿衣服的人。

他打量了一下四周，犹豫了片刻，走回更衣室，把泳裤脱了。那天游泳非常自在，他想：嘿，大家都不穿衣服真好。

第二天，他自己拿上泳镜又去了，泳裤也没带。

他脱光，洗了个澡，光着身子推开更衣室的门，一头扎入泳池，才划拉两下，就听到一声尖锐的哨响——

他抬起头，泳池管理员向他走来："对不起，先生，这里周三才能裸泳！"

他环顾四周，所有的人都瞪着他，他是游泳室里惟一不穿衣服的人……

"然后我尽可能慢地爬出游泳池，试图在走进更衣室前保留最后一点尊严。"

苏丝黄听了，尖声大笑，趴在桌上捶桌子。

这样的事情通常只在梦里发生，周公解梦里说，梦到自己赤条条的，是不祥之兆，会有贫穷和羞辱。不过阿兰倒情愿那只是场梦。

苏丝黄说："我有两个故事，倒是和你的故事相仿。"

苏丝黄的朋友薇薇是个很正经的女孩子，经常莫名其妙地害怕自己不道德，而且反应过激。有一次大学期间朋友吃饭，大家都在说减肥。吃药啦，运动啦，只有一个朋友说得有道理："减肥不成功，是因为不知道肥胖的原因在哪儿。"

大家叽叽喳喳地讨论肥胖的原因有哪些：胃口太好，压力大，睡眠不足……

忽听一个女孩大声说：吃避孕药。

薇薇是 20 世纪 70 年代出生的人，当时校园同居尚不常见，听到此话，忽然尖叫一声，盖住眼睛。

大家都瞪着她，像看个疯子，眼睛里明显的不解：这里又没有男生，你为什么要装纯情？

这就跟大家都脱光了，你还穿着泳衣差不多。

另一个故事是关于闪闪的同行小米的。小米是个"正经大报"的记者。不知道为什么，这个圈子里的女孩子吗，大多不太懂得打扮，或者不敢太打扮，只有小米天天把自己收拾得跟朵罂粟花似的，去和这专家那学者的聊天，人家也愿意跟她浪费好多时间瞎聊天——虚荣心一旦被激起，就很难控制自己的嘴，去论同行的长短。而在中国，有时候为了了解所谓的学术，你就得知道文章底下的长短，所以小米做得比很多同行好。

小米没有什么心机，对女人也很真诚，不是那种一有男人在场就要把旁边女人的头一个个按下去的妖精。所以她在圈里还是有一些女性朋友，虽然都对她有点莫名其妙的戒备。有一天，这群朋友去一个聚会，当然说起工作的事。就会有不同的抱怨，说谁谁谁不爱说话，太傲慢，或者根本不说实话之类的。

小米傻乎乎地说："不会吧？我觉得让他们说话挺好办的呀。"

朋友有点不快地问："你怎么办呢？"

小米继续傻乎乎地说："穿漂亮点，多笑一点呗。"

大家都沉默地看着她，像穿着泳衣的人看她裸泳一样……

所以呢，如果你脸皮薄，那么不管在什么地方，下水之前都最好先看看别人穿什么，除非你再不打算在这个池子里游泳了。

穿　衣

2009-5-5

苏丝黄跟大鱼在泰国，参加朋友果果跟泰妹阿珠的婚礼。

果果是个挪威人，在泰国做进出口生意。属于那种在东南亚待了五年以上，还能不变成自大狂的五好中年。

六年前，果果去到曼谷一家饭馆，迷上了领班阿珠。但阿珠见多了曼谷的"琺琅"（泰语"老外"），跟她村里的壁虎一样，数目太多而行踪不定，况且是位圆头小壁虎。

果果从此天天都去这家饭馆吃饭，还带上一束花，最后追到了阿珠，付出的惨痛代价就是变成了一只胖壁虎。

老去那儿吃饭也不是个事儿，但他俩上班时间一个在白天一个在晚上，相见时难。一怒之下，果果把饭馆给买了下来交给阿珠，彻底搞定了这个女人。

苏丝黄把这个故事讲给闪闪和肖闵听，闪闪说："他是不是特庆幸阿珠不在通用汽车公司上班？"

肖闵说:"通用汽车公司现在也不贵……"经济危机,汽车公司都快破产了。

闪闪扭头问肖闵:"要是你追求我,会给我买一个饭馆吗?"

肖闵说:"我只有一个工作室,没钱,我不能把下蛋母鸡卖了给你买东西。 你找了个穷人,要接受现实。"

快进一下,苏丝黄已经到了泰国西部的一个小村庄。 这是泰国最贫穷的省份,在芭提雅、曼谷和泰国各个旅游景点,大多数服务业的姑娘都来自这个省,外出谋生是最好的途径。

阿珠家的房子是村里最漂亮、最新的房子,砖石结构,精细的木雕廊檐和栏杆。 这是果果给阿珠家建的。 果果的到来整体提高了这个村子的 GDP。

宾客们早上 3 点半就出发了,到这儿 5 点半。 阿珠家门口八个大音箱,整天放泰国流行歌曲,全村地皮都在震。

泰国婚礼的流程,简单说来就是:和尚念经,和尚念经,和尚念经。

九个穿黄布袈裟的和尚念了一上午的经,把大家念得东倒西歪。

午饭在一大堆飞舞的苍蝇中间吃,酸笋鸡肉、木瓜沙拉和烤猪肉,啤酒里搁冰块。 吃得很紧张,因为要赶铺天盖地的苍蝇。两个请来的翻译水平只够翻译"你好"、"再见"。 所以村里五个警察对苏丝黄献的殷勤,苏丝黄什么也没听懂。

好看的在后面,午饭后上演暴力片。 新郎被赶出去,绕村游行一周,假装从自己家出来迎亲。 酷日当头,果果的肚子在淡黄色礼服下冒热气，跳舞跳了一个半小时，终于到了新娘家门口。 新郎的谈判代表上去跟新娘家人谈判，给了个红包人家嫌不够，被人家几次推倒在地。 见状不妙，果果的队伍狂风般一哄而上，把新娘子家人刮跑了。

下一部是财富片。 村里一个长相很像老会计的男人主持婚礼，他戴厚厚的黑框眼镜，比和尚还啰嗦。 他慢慢地给新娘新郎戴上白绒线织的头冠，新郎呈上硕大的钻戒、白金戒指、用丝绸包裹的一大沓现金和珠宝。 老会计一样样地拿起东西，念经一样唱歌。

"他是在赞美这些珠宝钱财吗？"苏丝黄问大鱼。 她不知道对一沓子钱有什么好唱的，果果的钱给得好值当，被当众秀那么久。

接下来就是鬼怪片。 老会计唱了20分钟，驱赶房子各个角落里的鬼。 鬼后来估计都被烦死了。

最后的高潮是闹洞房。 新郎新娘进了新房，在床上对长辈叩头，反过来对枕头叩头（是感谢枕头吗？），然后双双躺下。

洞房里一群阿姨忽然开始兴奋地尖叫，扑上去把两个新人缠在一起，推来推去。 虽然不是裸戏，但仍令人震惊。 苏丝黄简直呆住了。

院子后搭的大舞台已经开始表演，人妖舞蹈，流行歌曲，依次登场。 年轻人都在蹦迪，没有那种手指尖尖的传统舞蹈。 几个警察非常严肃地坐在旁边，看见一个小伙子喝醉了，脱掉上衣，警察当即上去训斥了一通，小伙子装疯不成，悻悻地又穿上了外套。 看样子风纪很严格。

　·只要穿着衣服，就是合法的。

　　那个下午，苏丝黄顿悟：婚礼就是两个人关系的衣服。 若果果没有娶阿珠，他俩就是情感和性的购买关系，属于裸奔，会被世俗所唾弃："又来了个泡泰妹的琺琅。"但是如果男的付了很多钱财珠宝给女方的家人，又签了个约定，保证以后有钱的话跟女方分一半，而且两个人在外面都不乱来，那就等于是给这个关系穿上了衣服，就可以从此光明正大地出来逛街。

　　至于两个人爱不爱对方，外人看不出鞋子里的脚是啥状况，管不了也懒得管。

　　顿悟完之后，兴味索然的苏丝黄躺在地上的席子上睡起了午觉。

过 海 关

2009-10-21

过海关，就像过人生，审的不是护照，是你的成败。

每个出国旅行的中国人，都会记得自己第一次出关的情形吧：肾上腺激素大量分泌，手心出汗，两腿发软，穿着自己最好的衣服依然觉得十分寒酸。当海关人员拿着护照皱着眉头反复对照照片和你的脸时，你简直要招架不住跪倒在地嚎啕大哭："是我，是我，我就是那个恐怖分子……"

随着一张张签证把护照越垫越厚，你的腰板也越来越直。到最后，海关人员在你眼里简直跟你家门卫差不多，他多看你两眼你就开始不耐烦："看什么看？没见过这么帅的？"

苏丝黄在广州住了半年，出关四次，每次都看到大批阿拉伯兄弟和黑人兄弟在海关外，像被粘蝇纸粘住的一串昆虫，半天动不了，比中国公民这队要慢上五倍。有一次偶然经过一个海关人员身边，听到他对另一个同事说："你看，这种两本夹在一起的签证，作假的可能性要小一点。"原来如此，要给世界上那么多国家的护照和签证打假，确实不易，尤其考虑到有些国家的签证，大部分内容是该国使馆签证官自己用手写的……

在广州结识的朋友里，有一个厄瓜多尔小伙子，叫冈萨雷斯（好像所有南美人都叫冈萨雷斯）。小伙子爱踢足球，身材矮而健壮，非常帅，跟女朋友一起到处做生意，最后到了广州。在此之前，他在美国迈阿密有生意，经常往来，但每次出入关，都被带到小黑屋里去审问一通，天黑了才放出来。

他抗议、质问，没有人理他。终于有一次，他被海关人员领到小黑屋，一个审问过他的警官走了进来，一看是他，哈哈大笑，说："不用问了。不是这个。"

原来，他不幸跟一个墨西哥大毒枭同名同姓，个子还一样高。不过那个毒枭比他年长 10 多岁，所以他每次过关都引起不同地区海关的骚动："看！大毒枭整容之后简直跟原来不一样了！"有时候，他们甚至还以为他是大毒枭的儿子。

冈萨雷斯从此对海关又恨又怕。终于有一次，他得去瑞士办事儿，以为这里会不认识他。谁知还是被领进了小黑屋，进去之后他就大哭起来："你们这些种族主义者！你们歧视第三世界！你们连南美人和阿拉伯人都分不清楚！……"他这么一哭，海关人员就慌了，连忙抱住他的肩膀："你不要哭，不要哭，我们可能有些误会……"高大的瑞士人抱着他就像抱着个孩子似的，他在海关人员的怀里大声啜泣，他们简直要拿出巧克力哄他，赔礼了事。

大家听了这个故事，都笑得要死。一个也在广州工作的美国姑娘艾琳说："我也有自己的招数。"

艾琳的工作是急性传染病防治，大家都知道她为什么到广州来了吧？在此之前，她在非洲大陆各个国家都工作旅游过。非洲的海关各有不同，有的不贿赂他就是不让你进，有的贿赂他就把你抓起来，有的没事儿就是把你留那儿跟他聊天，因为一天难得见几个游客，闷的。

但他们都会很疑惑地问美国人："你来这儿干什么？"

艾琳说："我做急性传染病防治。"

然后他们就二话不说赶紧让她过去。非洲急性传染病那个多啊，几个小时就夺命的可能就有几十种。谁知道这女人的包里有没有细菌样本呢。

不过也有例外，有时候有些不怕死的海关人员，就会说："真的哇？那你帮我看看，我手上长了个口子老是合不上，是怎么回事啊？"

这就惨了，能耽搁个半天，把他全身上下的大小疤痕都展示一遍，后面的人排着队瞪眼看他解扣子解皮带。

所以说，想靠一招打天下、快速过关那是做梦。

苏丝黄自己也碰到过一些问题，最常见的问题是因为她喜欢变换造型，有时戴眼镜，有时不戴，有时选发型师不慎，头发搞成一头凌乱枯草，然后一点点剪掉恢复直发。所以照片上的样子总是跟真人有冲突。

她现在用的护照，上面就是一个发如乱草，带着眼镜，非常像刚做完饭还没洗脸并且孩子正在扯她裙子抹鼻涕的中年家庭主妇——当时照相的时候状态实在不好，因为感冒了。

　　有一次，在北京出关，一个蛮帅的中年海关官员跑来，拿起苏丝黄的护照，被上面的照片吓到，抬头看她半天，问："这是你吗？"

　　"是我是我！"苏丝黄那天收拾得很整齐，头发也直了，没戴眼镜，心情倍儿好，笑嘻嘻地问："照片是不是不像我啊？"

　　帅哥也微笑："不像。"

　　苏丝黄高兴地问："哪个好看？"

　　帅哥的嘴再也闭不住了，指指苏丝黄："你好看！"

　　原来过海关，也可以不这么紧张的呀。

正　名

2009-11-4

有一个叫"个人意见"的台湾博客，谈时尚的，偶尔谈谈明星八卦，非常尖锐。比如，谈论张惠妹穿白色婚纱蛋糕裙举着大话筒凑近嘴部的造型时，他会说，婚礼上新郎给新娘套上戒指可能是在暗示一个当天晚上会发生的事，"如果是这样，我简直不敢想象阿妹穿着新娘装用这个姿势拿着麦克风是什么意思"……这个很不留情面的博主，还有一篇博客谈"必也正其名乎"，说时尚界里那些故弄玄虚的名词，比如香奈儿超贵顶级乳霜里头的"珍稀成分是来自哪个热带雨林的神奇植物五月梵尼兰"，其实不过是香草，"科技玳瑁"是只是玳瑁纹的塑胶，"总之，如果你问店员说这是什么材质而她说出一个你没听过的名词的话，那八成就是塑胶"。引申开来，自由职业者其实是失业在家，被包养说是忘年之交，来路不明的女人在周刊的派对单元上被称为"社交名媛"，股市大跌就是整理，廉价雇用的超时工作的电子公司员工叫"科技新贵",满世界都是"业务经理"……看来今日我们真是到达了全球化世界,不然为什么一个台湾人讲的身边小事,大陆人读起来感觉样样在自己身边同台上演,让人真想掩面狂奔。

有时候,正名的举动会朝匪夷所思的方向发展。苏丝黄刚到广州住的时候,带表弟两口子去一家被时尚杂志广为推荐的德国餐馆吃饭,那里的菜单看着让人心神荡漾,居然应着5月的芦笋季供应芦笋,以及"白葡萄酒炖鸡配米饭"这样充满想象的东西。他们点了一大堆食物,兴高采烈地等。结果菜上来,入嘴的时候,大家忽然陷入忧伤的沉默,偶尔看见表弟媳小心地从嘴里扯出一小撮一小撮的芦笋纤维——那哪里是芦笋,分明是甘蔗。而烤猪肘的皮,则是需要斧头才能劈开的外硬内韧的橡皮,待到白葡萄酒炖鸡上桌的时候,苏丝黄终于崩溃了:一坨也许从清代就屯居至今的米饭(馊味儿欢喜地扑面而来)旁边,稀拉拉地躺着一堆黄白不明、呕吐物一般的东西。

苏丝黄坚决要退回这道菜,女招待慌乱地拒绝了,招待的头儿来,也拒绝了,醉醺醺的餐厅经理终于出现,巨大的身体俯在桌上,投下充满威胁的阴影:"晚上好,您有什么需求我可以满足?"苏丝黄除了当即揭穿他的服务本质,别无选择:"你的饭馊了,我不能要。"

后面的一连串爆发都记不太清楚了,只记得经理点着苏丝黄鼻子说:"你,你不知道什么是真正的德国菜!我才知道什么是德国菜!"

说到德国菜,虽然不是世界美食推荐榜头牌,但是在那里住过一段时间的人，都知道这个经理的话和该餐馆的菜，对德国菜是种侮辱。苏丝黄不能忍受人当面撒谎，忍气答之："据我所知，德国人在两次大战的时候，也不会吃这种东西……"

好吧，最后菜还是没有退掉，大鱼为了不跟醉鬼打架，把账付了，拖着苏丝黄离开了未来战场。三个月后，他们偶然从朋友处得知，该餐馆的厨师被捕，经理逃窜了。这两个人看来主业是喝酒和偷钱，但是美其名曰大厨和餐馆经理，正名做到这样的扭曲程度，显然是难以长久维持的。

还有一些正名则比较难以捉摸。比如苏丝黄的一个熟人，有一天去7-11超市买东西，一扭身看到一份时尚杂志，封面有个妞很眼熟，再仔细一看，可不眼熟，那是自己老婆。老婆还穿着很眼熟的衣服——是通常在家穿的那种透明衬衣，里面有很眼熟的东西若隐若现。再仔细一看，原来是一篇呼吁女性保护乳腺健康的文章，采访了各路对此非常关心的很 in 的女性，让她们除了讲如何重点保护乳腺之外，还不那么含蓄地呈现自己保护乳腺的卓越成效。

但是在一个读者看来，这个逻辑的顺序是反的。因为时尚杂志里面，人都是先看图片再看文字，有时候基本不看文字（苏丝黄有个时尚杂志的记者朋友，每天都在为自己的文字没人看而焦心），所以基本总结一下，读者能留下的印象就是："嗨！好好看的胸！"至于为什么要露胸？"可能是因为好看？"那么旁边为什么要配文字，还要配那么严肃的话题以便为露美胸正名呢？如果你不明白为什么，你就别问了，你永远不会明白的。

新 人 类

2010-11-18

苏丝黄前阵子去参加一对 80 后朋友的婚礼，北京文化名人都来了，微博上还是个大事儿，不少人现场直播刷屏。

苏丝黄印象深刻，这对新人真是多才多艺——环节设计、主持人、礼宾、流程控制，啥都干了。小时候哪里见过这样的婚礼？一开场，大家先在餐馆楼顶吃糖果，新娘穿着设计师的婚纱上来——婚纱整个是白色蕾丝做的，头上还有一片蕾丝，不遮面，眼睛威武地全场扫视："哎，×××，你过来，跟我们照相！"这一比衬，在场嘉宾个个显得无比娇羞，低着头被轮流点名上去合影。

拍完照，下楼入席，新郎马上换下西服，穿上平时的便装。这俩新人不慌不忙，指挥现场播放音乐、视频（里面各路名人，包括韩寒显摆幸福的镜头）、给爹妈跪茶，起身就拿着话筒，带着摄像师什么的，从几排长桌子一头走到另一头，逼着嘉宾给致辞。嘉宾要是推辞，他俩就大方地催人家："说两句吗！没事。"

轮到苏丝黄了，她起身来很感慨地、像个老一辈那样说："我想谈谈现在的孩子早婚的问题……"大家都很高兴。

苏丝黄小时候参加过的婚礼可不是这样，那时候新娘都脸上刷厚厚的粉，低着头生怕人看见（考虑到她就是当日活动的中心，这种努力实在匪夷所思），旁边的人使劲讲黄色笑话，拼命灌酒，占新娘子和伴娘的便宜，新闻里还报道过有占便宜过分把新娘肋骨挤断的事儿。

"对啊？"苏丝黄后来问闪闪，"我才想起来，以前结婚的人为什么一定要害羞呢？"

"可能以前性禁锢多，所以一提结婚就想到上床，一提上床大家就脸红吧。"闪闪说。

在一个假装无性、或者把性当成羞耻的世界里，婚礼就会很让当事人难堪——就好像两人马上要干见不得人的事儿了，还非得让大家来取笑他们不可，那全场感觉是相当猥琐。

所以这对新人的婚礼，真是一缕小清新。

因为变化太快，中国不光盛产GDP，还盛产"新人类"。过去几十年本国文化如此狗血，新人类的成长颇让人欣喜，人们自己好像也挺欣喜。10月里有个《小康》杂志社发布一个调查结果"中国人婚姻及性幸福"，说80后婚姻幸福感最强，有81.2%的人很幸福。以前在婚姻里，大多数人把收入、孩子、性生活排在前三位，80后的排序则是：收入、性生活、孩子——他们有

66％的人对性生活满意，满意度最高。 老一辈老抨击 80 后的性生活"随便"，谁敢说里面没有嫉妒的成分？

调查里也发现，80 后的婚姻稳定性不高。 不过这也可以理解，他们生长在一个不稳定的世界里，每天不知道明天会发生什么变化，可能食物中毒，可能高楼起火，累死累活买房买车，出不起维稳费，可以理解。

再说，稳定而不幸福的婚姻，跟幸福而不稳定的婚姻，哪个更好呢？

大家可能都见过这样的新人类：他们知道要用避孕套；不觉得人的身体或者性玩具有什么好羞耻的；男人不会拿女人身体当物品；不会有双重标准和处女情结；言辞上可以开任何玩笑，行动上却慎重……其实这就是文明社会的健康人。

如果你是个年轻姑娘，判断新人类有一个简单标准：在床上关键时刻开他一个小玩笑，如果他能够自嘲地哈哈大笑，继续前进，就是新人类；如果顿时生气，或者尴尬不举的，就不是。 不是新人类的话，反应是很复杂的：嗯？ 你怎么可以开男人的玩笑？ 你开我的玩笑是不是看不起我？ 你看不起我为什么还跟我上床？ 真是不要脸……内心十分纠结呢，而人家不过是开个玩笑而已。

新人类当然不是理想人类，他们也有自己的问题，因为多年受压抑，反抗力弱，容易伤感，不过跟以前的人类比起来，他们至少私人生活质量较高。

苏丝黄给闪闪转了个微博，上面是个 QQ 对话的截屏，一个乳臭未干的小男生瞪着一对小眼睛的面部照片，下面是该男生跟女友的对话，大意是：

女友：我把你的照片给我姐看了，她说不错。

男生表示高兴。

女友：就是阴茎太小。

男生：啊，这也能看出来？

女友：汗，打错了，是眼睛太小。

男生发了个泪眼盈盈的黑煤球表情。

她们哈哈大笑，这不是很可爱吗？

饥不择食

2010-12-9

微博害死人。

苏丝黄打出这几个字，想了两秒钟，又打开另一个窗口看微博去了，看着看着，她在上面打了一句话："求戒微博药方，崩溃中……"

苏丝黄一直是个谨慎的人，不抽烟，极少喝酒，不喝咖啡，能喝水就不喝茶，不玩网游——不是因为自制力强，正好相反，是因为知道自己自制力极弱，所以要避开诱惑。

所以，一不小心沾上微博之后，从偶尔的潜水员变成了刷屏狂，大约是在两周之内。现在只要坐在电脑前面，如果每隔半小时不查一下微博，就有类似心脏早搏的症状，心里忽闪忽闪的。

要是有人能算出微博对 GDP 的贡献就好了——目前是看不出来，除了增加颈椎病和聊天资本之外——或许能减轻心里的罪恶感。

正写着，看到一条微博：@猪蹄蹄 beta：如果你曾经有过，或现在正有一个 sex partner（注：性伴侣），真是应该感谢 TA，防止了你在性欲驱使下谈一段饥不择食的恋爱。

饥不择食的恋爱⋯⋯大概是说为了正常和安全的性需求（加上心灵孤寂），找了个对象，但是其实并不相爱，只是因为道德压力或者两人的面子而假装恋爱。

这难道不是好多人的现实状况吗？ 苏丝黄记得小米以前的故事。 小米爱帅哥，也爱文学，但这二者能结合者十分稀缺，为此费了好多周折。

周折来周折去，好不容易遇到个能谈文学的，长得又不怎么样，如果只能二选一，那还是选吧，不然不是太挑剔了？ 两人刚熟络一点儿，对方就开始一个个诅咒他的前女友，犹如秋风扫落叶，把她仅存的一点幻想吓得跑光光，后来再也不敢跟他出门约会。 那些女友各有千秋，惟一的共同点就是都跟他谈了恋爱，即便以小米被无性生活损害的判断力，也很清楚如果再约会下去是个什么下场。

后来又遇到了一个帅哥，不谈文学只谈风月，虽说精神交往更为持久，但一开始，还是跟长得好看的人适应起来更容易。不幸的是该帅哥虽然不懂文学，编故事却蛮在行，自称是富家子，家里坐的都是防弹轿车什么的。 可到他那里一看，竟然跟几个人合住一间寒酸屋子——这个小米也忍了，她本来也没指望随便遇到个富二代来的。 骆驼背上的最后一根稻草，很快就落了下来：该帅哥约会几次，就主动上门，并且俨然要长待的架势了，在小米屋里吃喝随意，四处巡视，在沙发上一躺就半天。小米只好把他轰出去，他出门时还颇为生气，言语中的意思是这女子怎么这么小气……

这算是饥不择食吗？还是算自助餐第一盘——每样先尝一块，确定哪个好吃，再集中下手呢？

崩溃中……

其实，苏丝黄已经不确定性是不是依然必要了。根据北京军区总医院两年前制定的《网络成瘾临床诊断标准》，一个人使用网络的目的不是为了学习和工作或者不利于自己的学习和工作，平均每天连续使用网络时间达到或者超过六小时，且此症状已经达到或超过三个月，即可诊断为网络成瘾——就是说，像苏丝黄这样泡微博的人，已经是重度网瘾症状，最好请朋友强行押送郊区，每天走正步吃糙饭，下午脑子里过一遍五毫安的电，电好了送回家，电死了就地掩埋。

焯辉在 skype 窗口里跟苏丝黄说："我订了票，下周末过来。"

苏丝黄发回个笑脸。

焯辉等了一下，又说："这回选海南航空，空中客车太危险了！"

苏丝黄答："是吗？"

焯辉发过来一条新闻链接，关于前不久一艘空客因为发动机问题被迫返航的事儿。

苏丝黄看了个开头，又看微博去了，忙乎半天也没回复他。

焯辉等了几分钟，问："你忙工作？"

苏丝黄想起微博上看的那个笑话：有个人把 MSN 设成自动回复状态，只回复一句"后来呢？"，结果对方跟一个无主电脑聊了俩小时。

还有一个笑话是关于电脑聊天和朝鲜半岛的，大家可以自己去搜来看，都在微博上。这两个故事证明，微博除了损伤人脑，还可能引起战争。

苏丝黄忽然把头抬起来，哎，微博还损害性欲呢。她已经完全不觉得两地关系是什么问题了。她再也不需要像在大学里一样每天早上晨跑以消耗体力，或者为焯辉坐什么飞机担忧了。她已经变成一个机器人，没有饥饿感，就没有了饥不择食。

美好的"黑客帝国"已经到来。

后 记

　　回看苏丝黄专栏在《经济观察报》上的诞生，仿佛是很遥远的事；2003 年"非典"过后时期，转眼已成前朝。 潮人们不再忙于写博客，而是像精神分裂患者一样，把生活过成了 140 字以内的碎片；他们盯着大大小小各种电子屏幕，却不能定气凝神看身边的人一眼；每个中国人都有点儿魂不守舍，虽然据说多数有钱人都想移民，但又据说西方的衰落已经一发不可收拾，几乎要魂无归处；连最虚弱的小人物和最漂亮虚荣的人们，都偶尔开始谈论一些公正之类的话题，然而谈的时候，又觉得没什么好谈的，做什么也没用。

　　"这是最好的时代，这是最坏的时代"，蒙昧也还到处都是。 比如一面对其他国家表现出的轻视随时燃起熊熊怒火，一面又在自己人面前肆意取笑他国的文化习俗；又比如一面要求女人经济独立撑起半边天，一面又要求她们保持愚笨、服从和承担主要家务；或者反过来，要求男人应对女人割肉相报言听计从，却完全不想自己该回报些什么；还比如以国籍之名，把女人视为一国男人的集体财产……这些蒙昧是相通的，是拒绝反省导致的脑子部分失灵。

所以，无数专家建议的诡计：在办公室、厨房、厅堂、卧室和育儿房里如何保持优雅和精明，以便勾引和掌握出得起高价的男人，"从待价而沽的货物到女皇/公主的变身"，就像《故事会》版的邓文迪传奇。另一些更难以理解的告诫，则告诉女人应该保持某种真诚的愚蠢和糊涂，以便让男人无法抵抗和舍弃。男人以女人为镜子，顾镜自盼，女人则反过来。在男人轻慢地谈论"泡妞"之时，对面站着这些严阵以待的各路女性人马。这样的对峙，那些无名的怒火，也真让人厌倦。

苏丝黄和她的朋友们，在这诸多小小地雷旁轻快地跑了一程，一路结交了很多朋友。他们的奔跑跳跃带来了一些笑声，让看懂了的人们相信，真正欢天喜地、各不相扰的年头，总会到来的。

图书在版编目(CIP)数据

再见苏丝黄：妖精们的进化论/苏丝黄著. —杭州：浙江大学出版社，2012.4

ISBN 978-7-308-09609-6

Ⅰ.①再… Ⅱ.①苏… Ⅲ.①随笔—作品集—中国—当代 Ⅳ.①I267.1

中国版本图书馆 CIP 数据核字(2012)第 016208 号

再见苏丝黄：妖精们的进化论

苏丝黄　著

策 划 者	蓝狮子财经出版中心	
责任编辑	徐　婵	
出版发行	浙江大学出版社	
	（杭州市天目山路 148 号　邮政编码 310007）	
	（网址：http://www.zjupress.com）	
排　　版	杭州大漠照排印刷有限公司	
印　　刷	浙江印刷集团有限公司	
开　　本	880mm×1230mm　1/32	
印　　张	9.75	
插　　页	7	
字　　数	210 千	
版 印 次	2012 年 4 月第 1 版　2012 年 4 月第 1 次印刷	
书　　号	ISBN 978-7-308-09609-6	
定　　价	32.00 元	

版权所有　翻印必究　印装差错　负责调换

浙江大学出版社发行部邮购电话 (0571) 88925591

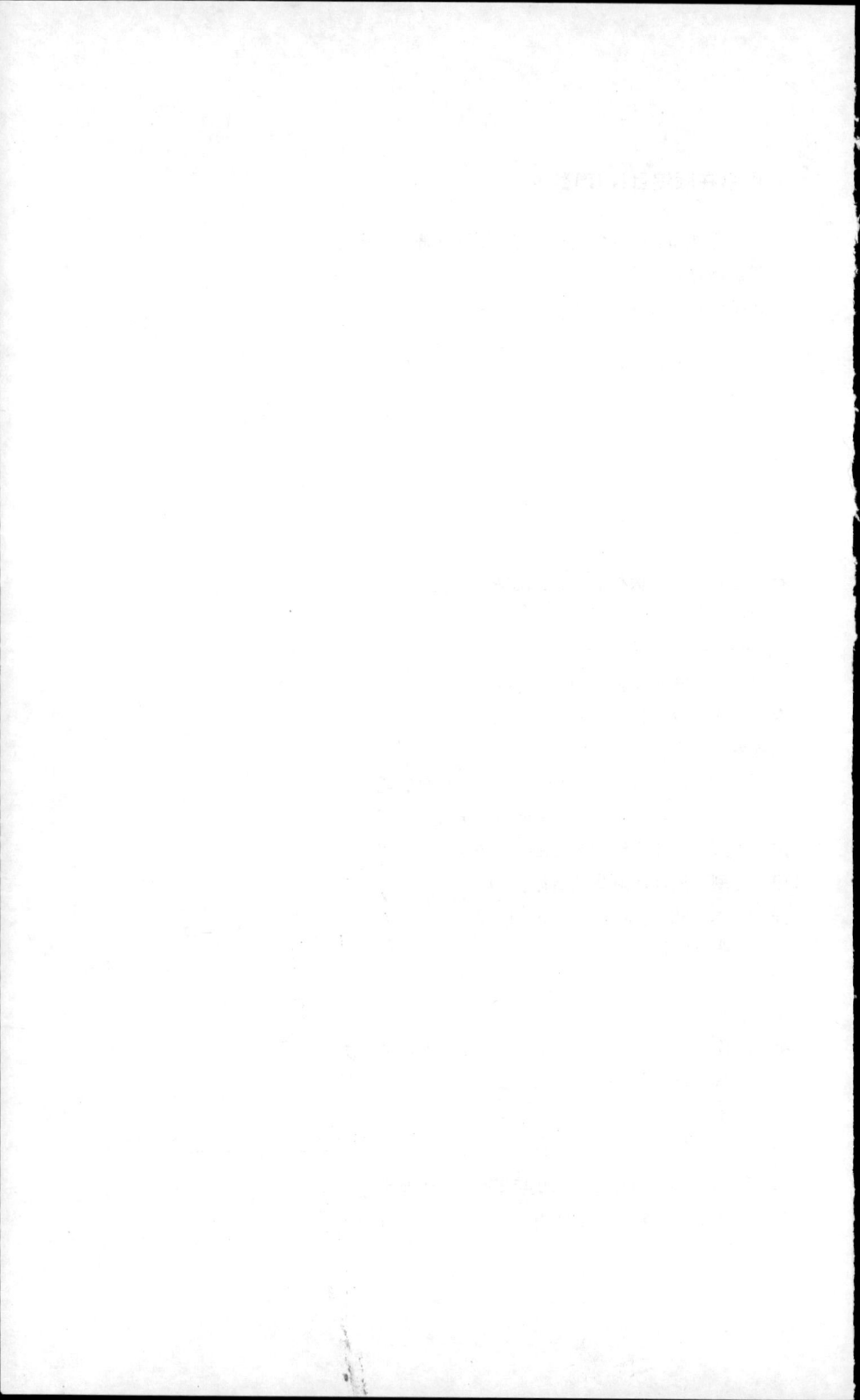